口から入って尻から出るならば、口から出る言葉は

前田司郎

晶文社

ブックデザイン　前田晃伸
絵と写真　前田司郎

目次

1　考えたこと

ケンカ不敗伝説

僕はケンカに負けたことがありません。ケンカに負けたくない人はまあ聞きなさい。ケンカに負けない方法を教えますから。

まず、「ケンカしないこと」これさえ守れれば絶対に何があってもケンカに負けません。それが叶わなかった場合「勝てそうな相手としかケンカしないこと」。とはいえ、ケンカしてみたら意外と強かったなんてこともあるかも知れません、そんな時は「負けを認めないこと」です。ケンカにはルールがないのでなんとなく負けっぽい雰囲気になり、負けを認めたら負けです。ギャラリーの全てがあなたの負けだと思っていても「俺は負けていない」と信じることが出来ればあなたは負けていません。ただ、グーで殴りあうような野蛮なケンカの場合には、なかなか「負けを認めない」のは難しいのでそういう場合には、僕はそういうフィジカルなケンカは小学生以来していないので門外漢なのですが、その場は負けた振りをしておいてあとで警察に行ってください。そうすればあなたの敵は、警察に逮捕されたりして、最終的にはあなたは勝てるでしょう。

どんなにケンカが強い人よりも、この日本では警察の方が強いのです。何せピストルを持って町中をうろうろしていても何も咎められないのは警察くらいなものなのですから。

　つまりこの日本でフィジカルなケンカをした場合、敗者こそが最終的に勝者になりえるのです。そういうケンカにおいて最強と思われるヤクザの人たちですら、警察には勝てないでしょう。数えてみてください。警察はものすごい数居ますから。知らないですけど、ヤクザの百倍くらいは居るんじゃないでしょうか？　しかも、警察はほぼ全員がピストルを持っているし、いざとなったら自衛隊から戦車とか借りてきちゃうんですよ。

　それに、何よりも「法や正義」という最強最悪の後ろ盾をも持っているんです。勝てるわけありません。一体これまでの歴史の中で「法や正義」の名の下に何人の人間が殺されたり、虐げられたりしてきたか。それでも我々はその絶対的な力に庇護してもらう道を選んでいるのです。

　それはさておき、つまりフィジカルなケンカで最強になりたい人は体を鍛えるよりも、ちょこちょこっと勉強して警察に入ってください。もしくは警察をいつでも呼べるように携帯の電話帳に一一〇番を入れておいたらよろしい。

　それでもどうしてもケンカに負けてしまうというあなたには、こういう方法もあります。和解です。負ける前に相手を認め、同調してしまうのです。負けてからの和解ではいけません。自分の負けを認める前に、敵の意見を認めてやれば、もうそこにケンカ自体が存在出来なくなりますから、一人の敗者も出さずケンカは終わるのです。ここであなたの中に相手に対する嫉みのような感情が認められると危険です、それは後々あなたの中で「負け感」に成長する可能性があるからです。大きな心で認めてやれば良いのです。

さて、これまで見てきたのはケンカ弱者が負けない方法でした。先ほども少し触れましたが、一番の落とし穴はケンカ強者がケンカに勝ってしまったために最終的に負けてしまう事があるということです。先程の例ではフィジカルなケンカに勝利した後に、さらにヤバイものが出てきて結局負けてしまうというものでした。

ロジカルなケンカの場合もそれはそんなに変わらないのですが、「法や正義」といった力が介入してくる状況は多くありません。口ゲンカに無駄に勝利してしまうと、あなたが属しているコミュニティーでの評判や、あなたの人望といったものが失われる場合の方が多いようです。

つまりここで大事なのはトドメを刺すなということなのです。つまり「相手を負かさないこと」これがケンカ強者が口ゲンカで負けないための方法の一つなのです。

敗者の姿は憐れです。相手がどんなに嫌われ者でも、その姿に同情しない者は少ないでしょう。そうなると「何もそこまでしなくても良かったんじゃないか」という感情がギャラリーに湧き起こります。ああ、話が前後してしまいましたが、口ゲンカにはギャラリーが必要です。一対一での口ゲンカはただの怒鳴り合いになったりしがちですし、大抵の場合、客観的な視点が損なわれますので、ただ各々の意見を主張しあうだけでケンカにならないものです。

口ゲンカも最終的な勝敗を決するのは自分自身ですが、自分は勝ったと思っていても、周囲はそうは見ていないことも往々にして起こります。口ゲンカをなさる時は、ギャラリーの反応を見ながら、ギャラリーに対するサービスを忘れないようにしてください。ケンカの最中にも時折笑いを混ぜてやるようなことも大事でしょう。

そして自分が優勢になって来たなと思ったら、攻撃の手を緩めてやるようにしてください。ボクシングの試合のように最終的にジャッジの得点によって勝敗を決めるようなことはありませんから、ギャラリーがあなたの優勢を感じたらもうそこで終わって良いのです。さらには相手に逃げ道を作っておいてあげるのが良いでしょう。袋小路に追い詰めて相手が立てなくなるくらいボコボコにしてしまうのは下手なケンカです。先程から申しておりますように、それをしてしまうとあなたは最終的にケンカに負けてしまうでしょう。

相手を負けさせず、ギャラリーにあなたの勝利を印象付け、上手いこと相手を逃がしてやることが出来れば、相手から恨まれることもなく、あなたは完全な勝利を手に入れることが出来るのです。

いかがですか？　これであなたも明日からケンカ不敗になれるはずです。もう一度要点をまとめますとケンカ不敗で居るためにはまず「ケンカしない」、もしすることがありなおかつ自分が劣勢だったら「負けを認めず和解する」、もし自分が優勢に立ったら「勝たない」、これを守れば良いのです。簡単でしょう？

ちなみに僕は今「職務質問」に対して非常に憤っています。社会的弱者に対する一方的な暴力の行使とみて、徹底的にケンカ売ってやろうと思っているのです。

皆さんは御存じないかも知れませんが、ただ道を歩いているだけなのにピストルを持った屈強な男（警察）が寄ってきて「嫌です」と断っているにもかかわらず、なんの理由も告げず公衆の面前で強制的にカバンの中や財布の中身を引っ張りだすようなことが日常から行われているのです。これを僕はよくされるのですが、本当に心が傷つきます。親から大事に育てられ、大切な友達に囲まれてただ暮らしているだけなのに、暴力（ピストルを目に見えるように持ち歩く行為は暴力以外のなにものでもありません）によって強制的に尋問される。犯罪の抑止のためであるなら、ピストルを持って立っているだけで充分です。犯罪者を捕まえるためであるなら、今現在犯罪を犯しているような人間がわざわざ警察の居る目の前を通ると思いますか？　少しは考えて欲しいのです。どうやら「十徳ナイフ」の所持がこの東京では禁止されているらしく、僕も無理やり受けた職務質問の際に没収されたことがありますが、十徳ナイフのナイフって刃渡り二センチくらいだよ。そんなもんで通り魔や強盗する奴がいると思う？　先の尖った鉛筆の方がよっぽど凶器だわ。アホじゃなかろうか？　警察の上の方の人はもう少し考えてください。末端の人たちも「考えない訓練」を受けてるのかどうか知らないけど、あまりにも無自覚に、無益で、有害な行為をしすぎです。少しで良いので考えてください。

　というようなことをいろんなところに書いたり、発言したりして、警察にケンカを売っているのですが、もし、警察がこのケンカを買ったとしても僕は負けません。なぜなら、こんな、なんの力も持たない無力な男の挑発にもし警察が乗ったとしたら、ケンカが成立した時点で、そのケンカは警察の負けだからです。

夏の日々

夏と聞くと気持ちが昂るのは、なにも本能がそうさせているわけではあるまい。きっと僕の場合、子供の頃過ごした夏の日々、今でもパブロフの犬のように心が涎をたらすのだろう。毎年、夏になると渥美半島の先、伊良湖岬の少し手前の江比間に連れて行ってもらった。そこには祖父の生家がある。

僕たち家族と親戚の家族、総勢十人以上が一週間ほどそこに寝泊りする。当時はそれが当たり前のことであったが、今考えると、よくもまあ上手く皆の予定を合わせ、ああも毎年遊びに行けたものだと思う。物心ついた時から、小学校を卒業するくらいまで毎年のことだった。

自分の裁量で友達と旅行に行ける歳になってみて、あの夏の日々を演出するのに、大人たちがどれだけ苦労したか想像することが出来る。そして、子供のための旅行だと思っていたけど、大人たちも充分に楽しんでいたんだろうなあ、ということも推量できるようになった。

子供は朝から海に出かける。セミの音で目覚める朝は、やっぱり東京とは違っていた。東京のセミよりなんだか透き通っているように感じる。気のせいだけど。昼に大人たちが海に来る。オニギリとかスイカを持ってきてくれる。

たまには自転車で半島の先、伊良湖まで行くことがあった。夏以外は人の居ない祖父の生家に置きっぱなしになっていた自転車は潮風で錆び付き、大人用の自転車に無理やり跨って運転すると、海パンを穿きっぱなしで漕いだ股がすれて赤くすりむける。それを伊良湖の高波が洗う。凄く沁みた。

日が暮れると家に帰ってご飯を食べて、夜は釣りに行ったり虫取りに行ったりする。そして、疲れて寝てしまう。大人たちは深夜までジャラジャラだ。酒を飲みながら麻雀。

僕たちは麻雀の音を子守唄代わりに寝た。文字通りの子守唄で、それがないと逆に不安で眠れなかったものである。田舎の夜は静か過ぎて、東京育ちの僕には恐ろしかった。

恐ろしさはまた魅力的でもあった。十八時を過ぎる頃にはもう真っ暗になっている道。僕の住む東京は一日中明るい。

真っ暗な道を懐中電灯を照らして歩く。大人が面白がってオバケの話をする。電柱の陰を指差して「ほら」とか言う。向こうは面白半分だがこっちは本気で嫌だった。

暗がりに何か住んでいる。自分以外の命や意思が、見えないところに沢山ある。そんなことを感じたのはあの夏の日々だった。

僕は裸足に運動靴を履いていた。靴下が嫌だったから。

僕はヤモリを踏んだ。靴の中に居たのだ。靴を履いたとき何かぬるっとした暖かいような冷たいものを感じた。生き物を踏んだ。そう思った。恐ろしかった。僕の足の下で何かが死んだ。僕は恐ろしくて靴が脱げなかった。一日中履いていたら、それは乾いたようでもう何も感じなくなった。あれは、気のせいだったに違いない。靴の中が濡れていただけに違いない。脱いだらヤモリ型の血の跡があった。お母さんに渡して二度と見れなかった。

生きてるものと死んでるもの。隔たりは皮膚一枚のこともある。漠然と死について考えた。布団の中。襖の向こうからはジャラジャラと音が聞こえる。リーチとかポンとかツモとか言っている。襖一枚、皮膚一枚。昼と夜。生と死。夏の日々。

親知らず

親知らずが真横に生えてきた。

なぜ真っ直ぐ生えずに真横に？　偶然とは思えない。と、思った。そして僕は考えた。

偶然じゃないんだったらこの親知らずは必然だったたってことか？　それって運命ってこと？　運命っていうのは、もとから何か決まっていて、僕の親知らずや出会いや行動は全て最初っから決まってるもんだ、っていう考えの事を言うんだとしたら、今日のお昼に僕が残り物のシャケと海苔でお茶漬けを食べたことも運命だったたと言うのだろうか。

一体誰が決めた。誰とかじゃなく、もっと何かよくわからない大きなものがあってそれが決めたんだとしたら、そいつはかなりマメというかなんというか、例えば僕が本屋に入って今日は何の本を買うのかまで決めないといけないし、それよりも先に僕が買うべき本を別の誰かに書かせておく必要があるし、それを出版させておかないといけないし、五反田の本屋の人がそれを発注して棚に並べないといけないわけで、そういう諸々までひっくるめて運命と言ってしまうのはなんだか、その運命を司っている巨大なものに色々任せすぎな気がしてならない。まあそれでもいいんだけど。

僕の家のトイレの壁には曇りガラスがはめ込んであり、それは中庭に面している。だから、雨が降るとその曇りガラスを無数の水滴が滑り落ちる様が見える。僕はよく雨の日に便器に座りその水滴を見ていた。主に小学校の高学年から中学生にかけてくらいの、一番そういう気持ちになりやすい年頃のことだったと思う。

水滴は真っ直ぐに落ちずに、ガラスのかすかな凹凸や油分などに影響されて、止まったり、枝分かれしたり、重なったり、急速にすべり落ちたりする。その水滴一つ一つに僕はなんとなく、自分の人生を重ね合わせて考えたりした。ガラスに水滴がつく、そこが誕生、それからガラスの一番下に落ちる、それが死。中には水滴の形を保ちきれずガラスの一番下までたどり着けない者もいる。水滴同士の交わりや分散は何かそれ自体が人間の営みのように思えたりした。

センチメンタルな話をすると、僕は便座に座りながら自分はなぜ水滴ではなく人間になったのだろう？　自分と水滴を隔てるものはなんだろう？　水滴も自分と同じなのではないかなどと考えては、未来に対するよくわからない恐怖のようなものを見ようとしていたのかも知れない。何せまだ生まれて十年ちょっとしか経っていなかったものだから。と言って、生まれて三十年以上を経過した今でもあの頃と大差ないんだけど。

僕は水滴ではなく、偶然、人間になった。もしこれが運命とか必然とかだったとすると、それは僕が生まれる前から決まっていたということになる。と言うことは、僕は生まれる前から存在していたことになるんじゃないか？　だって、生まれる前から生まれることが決まっていたというならば、当然、生まれる前から僕はあったということだろう。形は無いだろうけど、有ったということになるじゃないか。そうなると、これから生まれる無限に近い生命もすでにあるということになると、この世界は増えもしなければ減りもしないってことになるんじゃないか。よくわからない。全ては偶然のことのようにも思える。その刹那刹那で全てが決まる。だけどあれだよな、刹那って言ってもそれには時間的な長さがあるわけだから何か物事が起こる刹那、と言えばやっぱりまるっきり0ってわけじゃないんだよな。待て待て、何かが起こるその瞬間を0としよう。0で起きた物事か偶然かそうでないか考えてみよう。

0が起こる前のマイナス側のことがないと0は起きない。

全ては偶然とも思えるし、全ては必然とも思える。運命だと思いたい時もある。なんで運命だなんて思うのか？　多分、今こうして生きていて何か考えたりこうやってパソコンのキーボードを打ってるなんてことがあまりにも運が良すぎなように思えるからだと思う。よくもまあ、こうして生きているものだと思う。しかももうそれを三十年も続けている。母から生まれ、両親と出会い、無数の人と出会い、色々したり、色々考えたりして生きたこの全てが偶然だったなんて思うと「嘘だろ」という気になる。偶然だとしたら出来すぎじゃないか。何せこの心臓だって、この複雑でよくわからない心臓だって、0から偶然の積み重ねで作られたってことになる。最初は何も無かったはずなんだ。それがよくもまあ。

多分もう一回、世界が0に戻って、同じ条件から、今の時間まで放っておいたとしたら僕はここには居ないんじゃないか。どころか、人間自体居ないかも知れない。いや、多分居ない気がする。

しかし、そんな物凄い偶然を積み重ねてここに存在している僕という生命体は全くぼんやりとくだらない事を考えたり寝たり漫画を読んだりエロ本を見たりしている。これも偶然？それとも運命？　運命を考えるときどうしても神のようなものを想定してしまう。神が何かわからない、生き物じゃない気がする。何か巨大なよくわからない、巨大っていうのも違うな、形は無いはずだから、形や質量があった時点でそれはもう神じゃない気がするし、と、神のことを考え出すと大変なので、これはこの辺にしておくが、運命を考えるとどうしても神が出てくる。

ところで僕は今、悩んでいる。右下の親知らずが虫歯かも知れないのだ。それで何を悩んでいるかというと歯医者に行くかどうかだ。いや、行かないといけないのだけど、なかなか踏ん切りがつかないのだ。仕事のことも有るし、何より恐い。それはそれとして、虫歯が疑われている僕の親知らずは上を向いた奥歯に、突進するような形で真横に生えている。隣の奥歯との間には多少の隙間があり、そこに必ず何かが詰まる。しかし、僕は親知らずを虫歯にしないために必死の努力をしてきた。楊枝を使って詰まった物を取ったし、歯ブラシは三本持っていて、そのうち一本は親知らず専用だ。それなのに、こいつは虫歯になった。偶然か？　もし、僕のケアに落ち度があったとしたら、この虫歯は必然か？　そもそも、この歯が真横に生えたのは偶然だったのだろうか？　多分、幾つかの要因がある。現代人の顎は小さいとか、あとはわかんないけど、なにかそういう要因があって真横に生えたんだろうと推測される。つまり、もう一度この親知らずに生えてくる機会を与えたとしてもやはり真横に生えるだろう。これを必然というんじゃないか？　だとしたら、偶然というのは、結果がどう転ぶかわからない、つまりもう一度やったら違う結果になる可能性があると言うことになりはしないか。そうやって考えると全ての事象は偶然と必然に綺麗に分けられるような気もするけど事態はそう簡単なことじゃない。

この親知らずが真横に生える要因を作ったのは果たして必然だったかということだ。必然をつくる要因は偶然出来ている、もしくは必ずどこかの段階で偶然のやっかいになっている。偶然をかき集めたり、偶然の質を高めていって（これは例えば野球選手がバットをボールに当てる訓練をするようなこと）、必然を作っていくのじゃないか？　そうなると必然は偶然から出来ているということになる。

じゃあこの世界の最初の偶然はどうだったんだろう？　最初の偶然は偶然生まれたのか？だったらその最初の偶然を産んだ偶然は一体何が産んだのか？　神か？　じゃあ神は何が産んだんだ、偶然だろうか？　ならば偶然こそ神だ。

必然＝偶然＝神

結局は言葉の遊びだけど。偶然も必然も神も言葉では捕らえられないほどに細かく広くて、だからまあ幾ら言葉を重ねて網の目を密にして捕まえようとしても、必ずその隙間から逃れていくものだけど、だいたいどの辺りに隠れているかぐらいは想像がつくような気もする。そうなったら芸術の出番だ。芸術の網の目はヘタすると神を捕まえられるくらい密だ。

そこで僕はまた悩み続けないといけない。偶然を重ねてやっと生えてきたこの親知らずを、本当に抜くのかオレは？　その意思に必然はあるのか。

『二分間の冒険』

自分がいつまで子供だったのか、今も子供のままなのか、もうずっと昔に大人になっていたのか、わからないけど、思い出の本と言われて咄嗟に思いつくのは『二分間の冒険』（岡田淳著、偕成社刊）という本だ。

小学校の授業に「図書の時間」というのがあり、教室から図書室に移動してそこで本を読んで過ごすのだ。今思えばなんて楽な時間なんだろうと思うのだが、当時の僕には苦痛でしかなかった。大抵は先生の目を盗んでコソコソお喋りしたり、ウロウロ歩き回っては、他の人にいたずらしたりして過ごしていた。

ちょっと詳しいことは覚えてないんだけど、あるとき先生が「これじゃいかん」と思ったのか「図書の時間中に読んだ本の感想文を書くように」と言い出した。その時僕が選んだ本が『二分間の冒険』だった。

「二分間で冒険すんだから、二分間で読めるよエヘヘ」みたいなことを友達に言い、一ページも読まずにタイトルだけ読んで感想文を書いた。そういうことをするのがカッコ良いと思っていたのだ。その感想文に対する先生のリアクションは覚えていないが、ただなんとなく「本に悪いことをした」という変な負い目のような感情が残った。以来、『二分間の冒険』のことが気になるようになったのだった。だけど、図書室で借りるのはなんか恥ずかしかった。バカにしたことをした手前、なんだか悔しかったのだ。

黒っぽいハードカバーで、表紙にはオオサンショウウオみたいなものと、剣を持った少年、それと同い年くらいの少女が描かれている。それは恋模様を連想させ、なんだかそれも気恥ずかしさの一因になっていた気がする。

きっかけは忘れたが、しばらくたってから本屋に出向き、自分のお金で同じ本を買った。なんだかケンカした友達とやっと仲直り出来るような感慨を覚えたものだ。僕は初めてその本を見たときからずっと『二分間の冒険』が読みたかったのだ。だけど、本を読むという行為が良い子ぶってる行為のように思えて、なんだか恥ずかしく、最初は茶化すような行動に出てしまったのだ。なんとなく気まずくて、一目見て可愛いと思った女の子に意地悪しちゃうようなのと似ている。

そうやってやっと再び出会えた本はとても面白く、今でもたまに読み返す。本との関係が、まるで恋のような物語をつれて、もうすでに二十年来の付き合いになった。多分、おじいさんになっても、僕と『二分間の冒険』はずっと付き合い続けるだろう。そう考えると僕は幸せな奴だと思う。本も同じように感じてくれていたら良いのだけど。

もしかすると、この出会いがなければ僕は作家になっていなかったかも知れない。それは無いか。でも、今とはちょっと違う人間になっていただろうなあ。そういう出会いがたくさん集まって今の自分があるのだろうか。

内容には一切触れませんでしたが、是非ご自分で読んでみてください。名作です。

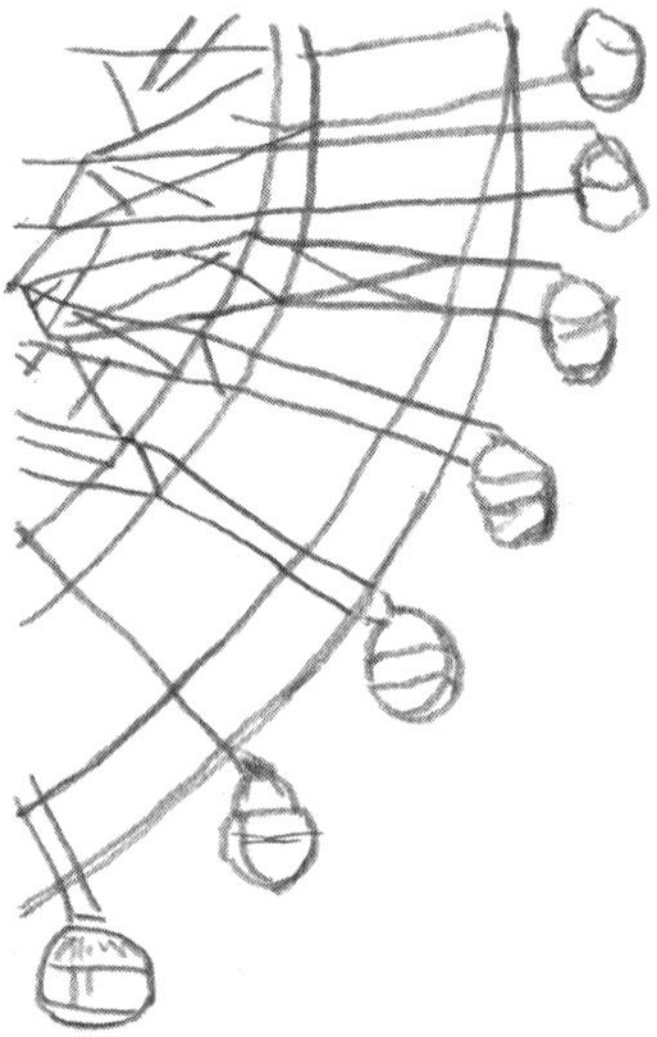

十三歳のころ

十三歳かそこらのとき、私は全く気力を失っていた。ただただ無気力であった。中学時代。思い出すと、誰も居ないリノリウム敷きの廊下を一人亡霊のように歩いている自分のイメージが浮かぶ。私は幽霊のようにただ日々が過ぎるのを待っていた。イジメのような具体的な問題があったわけではない。フッと凪に見舞われたように、急に人生から活力が去り、興味の対象を失い、私は退屈に身悶えしていた。

私の学校は中高一貫の男子校で、私には私を含む友人全てが何か去勢された羊か何かのように見えた。私たちは管理され、そのことに反抗するでもなく、ただ退屈を耐える術だけを学んだ。

学び。そう私は学校の勉強というものに興味が持てなかった。私は学校で教えてくれる勉強が、勉強そのものだと思い込んでいた。勉強は人を不自由にしていくものだと思った。勉強はただ知識を増やすものだと誤解した。だから私は、私には勉強は必要ないと判断した。知識が必要なら辞書を持ち歩けばいい。今ならパソコンを持ち歩けば事足りる。

今の私はこう考えている。知識は後天的に手に入る情報、知能は先天的ある程度決まっている能力、そして知恵は知能を駆使して知識同士を有機的に結びつけ未知に挑むための力。知恵こそ重要なのだ。その事にぼんやり気付いたのは二十三歳の頃だった。

僕の読書法

十九歳は十代というよりも、二十代に近いし、気分としてももう大人という感じがするから、十代の本棚としてはふさわしくないのかも知れないけど、僕は十九までほとんど本を読んでこなかったのです。マンガは大量に読んでいたけど、今回の趣旨と違うのでその話は別の機会にゆずります。

十歳の頃から小説家を目指していたので、小説をたくさん読まなければいけないと義務感を持っていたけどほとんど読めませんでした。今思えば小説は義務で読むようなものじゃなかったのですな。

まあ、それはそれとして、十九から始まった僕の読書法を話す前に、それ以前の読書体験をお話ししておこうと思います。読書は量よりも質、というか、タイミングのようなものであると思うのです。友達と同じです。

小学校の時、この子とはきっと仲良くなれると思ったクラスメイトがいたのですが、彼は引っ込み思案で、僕の属していたグループ（生徒同士が勝手に作るグループ）とは違うグループに属していたし、なんとなくみんなから避けられていたから、声をかけられず、結局仲良く遊ぶことが出来ずに卒業してしまいました。

今でも、「話しかけておけばよかったなあ」と、時々思い出します。きっと良い友達になれたと思うのです。皆さんにもそういう思い出ありませんか？

本も全くそういうものだと思います。読まずにいたら絶対に友達になることは出来ないのです。

でも、タイミングよく、心から好きになれる本と出会えたら、それはとても幸せなことだと思います。その本とは一生付き合うことが出来るでしょう（僕はまだ三十三歳なので、一生付き合えるかどうかは、推測することしか出来ないのですが）。

本は一回読めばそれで終わりではありません。大好きな本は何度読んでも面白いものです。僕にもそういう本が何冊かあります。

十代の頃に出会った本で、一番の友達はＬ・Ｍ・モンゴメリ著、村岡花子訳『赤毛のアン』です。

御存知の方も多いと思うのですが、アン・シャーリーという女の子が、マリラとマシューという老いた兄妹のもとにやってくるところから始まる物語です。

アンは孤児院からやってくるのですが、マシューとマリラは男の子が欲しかったのです。アンは手違いでマシューとマリラの家にやってくるのです。

僕は空でこの本のあらすじを話すことが出来ますし、詳細を語ることも出来ます。アンだったらどう考えるかな、とか、考えてみることもあります。気持ち悪いですか？　気持ち悪いですね。

『赤毛のアン』との最初の出会いは小学校の頃だったと思います。

当時僕は両親にハードカバーの世界文学全集を一冊ずつ買ってもらうのが楽しみでした。世界文学全集の巻末には同じシリーズの別のタイトルとあらすじが載っているのですが、そこから次に買ってもらう本を選ぶのです。そこに『赤毛のアン』もありました。

だけど『赤毛のアン』は女の子用という感じでしたので、なんとなく恥ずかしくて買ってもらうことが出来ませんでした。ね？　友達と一緒でしょ？　この時は恥ずかしくて声がかけられなかったのです。

それから月日は流れて自分のお金で本を買うことが出来るようになって、あれは確か池袋の本屋さんで『赤毛のアン』を再び見つけたのです。その時は文庫本でしたが。

多分、十六歳の頃だったと思います。

当時、僕は男子校に通っていたので、女の子の友達が欲しかったのかも知れません。ちょっと詳しい動機は忘れてしまいましたが、なんとなく『赤毛のアン』に手を伸ばし、レジに向かいました。なんだか凄く恥ずかしかったのを覚えています。『赤毛のアン』は少女の読むもの、みたいなイメージがあったからかも知れません。

買ってから何ヶ月かは部屋の隅に置いてありました。僕は昔から買っただけで満足しちゃう癖があるのです。

そうしていつだったかの暇な日に、ふと本を開いて読み始めたのです。

これが『赤毛のアン』との出会いでした。それから、ことあるごとに読み返します。

雨で外に出たくない日に、試験の勉強をしないといけない日とか、わけもなく悲しい気分の時にも、読み返しました。

自分の気分によって印象も変わるし、読み飛ばしていたようなシーンがとても心に残ったり、アンの目線で読んでいたのが、段々マリラやマシューの目線に近づいてきたり、僕の変化とともに本も変化しているようです。こういうところも友達と一緒ですね。

この本が部屋の本棚にあると、だから、もう今では親友がそこにいるような気がします。

本屋さんに行くとワクワクするのは、まだ出会ったことのない人がこんなにたくさんいるのかと思うからです。

多分、話の合わない人もたくさんいるでしょう。そんなに仲良くなれないタイミングもあるかも知れません。でも上手くいけば凄く大切な友達と出会えることがあるのです。

きっと、本屋さんに二時間くらいいて、ゆっくり背表紙と、最初の二ページくらいを読んでみる時間と、本を買うちょっとしたお金さえあれば、それは手に入る気がします。

今この文章を読んでくださっている皆さんの大半は十代を過ごしていると思います。十代の頃って本当に色々な大変なことがありますよね。三十代でもあるけど、三十代の僕は大分生きるのに馴れてきていて、随分楽になってるけど、十代の頃は結構大変だったように思います。でもその分、初めて出会うことも多く、ワクワクしていたようです。

だから、皆さんも、良かったら暇な時間に（ないかも知れませんがよくよく探してみると結構あると思います）、本屋に行って本を探してみたらどうでしょうか？

でも本の探し方ってよくわかりませんよね？

というわけで、これから僕が十九の頃に考え出した本の探し方をお話します。

僕のちゃんとした読書暦はこの辺りから始まったのです。

僕は当時、大学生で毎日ブラブラ遊んでばかりいました。三流大学は遊んでいても大丈夫なのです。三流も捨てたもんじゃないですよ。

本屋で彼女と待ち合わせしていたのですが、彼女から何かの理由で大幅に遅れるという連絡が来ました。こういう時のために待ち合わせを本屋にしていたのですが、当時の僕はマンガのコーナーか精々文庫本のコーナーくらいしか見なかったのです。

でも時間が出来たし、当時の僕は人の死について色々考えていましたので、何かそのヒントになるようなものがあるかも知れないなあと思い、本屋の自分の行かないコーナーを見て回ってみようと思い立ったのでした。

そこは新宿の紀伊國屋書店という本屋でとても大きい本屋です。

ブラブラ回っていると「人はなぜ人を殺すのか」とか、「死んだらどうなる」とかいう題名、ちょっと正確な題名は失念してしまいましたが、そういう内容の本がたくさんあるのです。おお、良いじゃん。と思って、ペラペラめくって見ました。

こういう小難しそうな本は皆さん敬遠しがちだと思いますが、読んでみるとそうでもないのです。というのも、本当に良い本は、難しいことを簡単に書いてあるものです。たまに、頭の良い人にしかわからないように、難しいことを難しく書く書き手もいますが、そういうのが好きな人はそういうのを読めば良いと思います。

僕が尊敬するのは、難しいこと（例えば非常に専門的だったり、言葉にあらわし難い内容だったり）を、簡単な言葉で的確にあらわすことの出来る書き手です。

そういう書き手の書いたものは、高校生にだって、中学生にだってわかるのです。僕は仕事で高校生と一緒に演劇を作ったりするのですが、よく「自分はバカだからよくわからない」という内容のことをいう子がいます。ところが、頭の良い子と悪い子の差なんてそんなにあるもんじゃないのです。多少はもちろんあるでしょうが、ほとんど同じようなものです。

それよりも問題になってくるのは、そのことに興味があるか、ないかということです。

　つまり、頭の良し悪しに関係なく、自分が興味のある分野についての専門的なことを簡単な文章で書いてある本に出会えば良いのです。それが難しい？　ところが、そうでもないのです。

　僕の方法をお教えします。まず、背表紙のタイトルを読んでいってください、気になるタイトルがいくつかあるはずです。次に気になったタイトルの本を二ページ読んでみましょう。それで、難しいなと思ったらとりあえずその本は無しです。面白いなと思ったら、キープしておいてください。僕はキープした本は他の本より少し前に出しておきます。そうすると後で見つけやすいし。でも、買わない場合は帰りに戻しておいてくださいね。本屋さんにムカつかれちゃうので。

　そうして、キープが何冊か出来たら、今度は五ページくらい読んでみて、それでも面白そうだな、と思ったら買いです。お金がない人はタイトルと著者を覚えて図書館で探して見ましょう。

　そして家で読んでみてください。最初にとりあえず一冊買えば良いのです。

　その本を気に入ったら、同じ著者の本を読んでみるのも良いでしょう。もしくは、その本に示されていた参考文献から選んでも良いです。

インターネットのリンクをたどるように読書をリンクさせていくのです。そうやって、興味ある分野の本を十冊くらい読んだら、結構な専門知識がつきます。自分が好きなことの専門知識がつけば、そのことをもっと好きになれるだろうし、そこから更に別の分野に興味が湧いたりします。

僕の場合は、最初にその新宿の本屋で福島章さんの『ヒトは狩人だった』という本に出会い、そこから福島さんの本を読み漁りました。

福島さんは精神科医で、犯罪心理学や、病跡学（病気から天才の天才性を読み解く面白い学問）の専門家で、とても公平な視点から文章を書いているし、難しい内容を簡単にわかりやすく書いている、と僕は思うので、読んでいてとても面白いのです。ここでいう面白いは、別に笑えるってことじゃなくて、知的好奇心を刺激する、とか言うと硬くなりますが、ようするに、読んでいてワクワクするということです。

そこにはフロイトの著書からの引用や、土居健郎さんの考えをひいたものが良く出てきて、僕は次にフロイトや土居さんの著書を読んだりしました。そうすると、今度はユングが気になりだし、そっちを読んだり、フロイトの弟子たちの著書も一応読んどくかとなり、病跡学の本も読むようになり、宮沢賢治を読んだり、ニーチェを読んだり、文化人類学に興味が出てきたり、宗教学にも興味が出てきたり、読書の幅と深さがどんどん増していくのです。

と、こう書くとすげえ読んでるように見えると思いますが、その実この十五年くらいで多分、百冊くらいしか読んでいません。百と言うと「すげえ」と思うかも知れませんが、十五年は充分長いのです。二ヶ月に一冊くらいのペースで読めばそれくらいになります。

そうやって、好きな分野の本を読んでいくことで、自分の興味が拡大していって、好きな事が増えていくのは、とても楽しいことですよ。嫌いなものや興味のないものが多いより、好きなものや興味のあることが多い方が絶対楽しいのです。

ご飯だってそうでしょ？　好きなものが多ければ何でも美味しく食べれますもんね。

本ていうのは、みんなを苦しめるためにあるわけじゃもちろんなくて、みんなを楽しませ、時には助けるためにあるのです。

これは僕が本を書く仕事をしているからじゃなくて、本当にそうなのです。

暇な時、本を読んでみてください。本しか友達がいなくても、本を読んでいれば人間の友達も出来ますよ。同じことに興味を持った人と深く話すことが出来るようになるからです。しばらくは本だけが友達でも、まあ、大丈夫。

ミュージック・ハラスメント

最初はカセットテープを編集して持っていって、それぞれ順番にかけたりした。そのうちマメなやつ以外はテープを持ってこなくなり、結局そいつが持ってきたテープをかけるか、もしくは車にもともと積んであるテープをかけたりした。

そのころは大体、付き合ってる人たちも限られていたし、趣味の範囲も浅かったから結局はだいたい似たような趣味で「お、俺もこのCD持ってる」とか「え、この人こんな歌も歌ってるの」とか言って、盛り上がってたりしたものだけど、牧歌的だったなあ。

CDをテープに入れるのは珍しくなり、普通MDに入れるのだけど、今やMDなんてみつけるのが難しい。

びっくりするほど早い気がするけど、普通の進化なんだろうか。みんな携帯電話や、マッチ箱みたいな小さい機械にCD何枚分もの音楽を入れて持ち歩く。

しかもそれをそのまま車のオーディオに繋いで聴いたり出来るので驚く。驚きながらも「すげえ」とか言って僕も使ったりしている。

そんな昨今は、付き合う友人ももう皆良い歳で色々な道を別々に歩んできた人たちだから音楽の趣味も結構バラバラなのだ。

　で、何が言いたいかと言うと、僕は友達と車でいろいろなところに行ったりするのですが、最近、その車の中で聴く音楽事情が変化したということ、それが何をもたらしたのかについて言いたいのです。

　テープのころはまだホスピタリティがあったと思う。

　その日のドライブを考えて選曲し、人によってはフェードアウトさせて、カットインさせたりとか、変に凝って編集してきたりする。

　なんか、そういうのって一緒に車に乗る人のことを考えてすることだから、自意識が前に出すぎて聴き苦しかったりしても、まあまあ良かれと思ってのことだしゆるしてあげようよ、という文化があったように思う。

　でも最近は自分が普段聴いてる音楽を、丸々なにも料理せずに聴かせることが多くなっている。と言ってもこれは僕の車に乗る人に限ってのことなので、他の人々はちゃんと編集して旅に挑むのかも知れないけど、まあ、だからちょっと一般の話じゃないんだけど、その、なんていうか自分の iPod の中身を皆に聴かせるのが恥ずかしいのです。

　でも、聴かせたいの。

　わかる？　この気持ち。俺ってこんなかっこ良い音楽を聴いてるんだぜ、センス良いだろう？というのを聴かせたいのです。それはテープの時代からそうだったのだけど、テープの時は選曲している時点で「この曲は格好良いけど、あんまり有名じゃないし、みんな楽しめないから入れないでおこう」とかそういう意思が入るから例えば言葉を選んでする会話みたいなものだけど、iPod を繋いで直接みんなに聴かせちゃうのはまるで、心の中をテレパシーで直接見せちゃうみたいで、凄く恥ずかしいのです。

でも、見て欲しいの。

わかる？　こういう気持ち。という気持ちまで見せてしまっているようなもので、特にシャッフルにして流していたりすると、ライブアルバムのMCだけ単独で急に流れちゃったりして、そういうのも恥ずかしいけど、それはまあ、どうにかしろっていうレベルの話になるわけだから置いておくとして、なにかこう、そういう自分の好きな音楽を延々車の中で流すという行為はこれはハラスメントにあたるんじゃないかと常々思っていたわけです。

じゃあ止めれば良いのだけど、でもやっぱり自分の聴いている音楽は凄くカッコ良いと思っちゃうから、聴いて欲しいと思うのです。皆を包む音楽を選ぶ行為はやっぱりどこかエゴイスティックな部分があるのはしょうがないから、少しは昔のおもてなしの心を思い出して、iPod をドライブ用に編集したりしようかな。やり方がわからないのだけど。

卒業論文

僕は卒業するのに六年かかった。大学をだ。そして僕の大学は三流大学で、だけど一流の三流大学で、僕は自分の学力の低さに感謝しているくらい大学は僕の肌にあった。だから六年も居たわけじゃなくて、単に授業に出なかったからだ。

勉強は自分でした。本をたくさん読んだ。それは僕の人生の中ではたくさん、というくらいであって世間的には大した量じゃない。それでもその頃の読書が僕の考え方を少なからず変えたと思う。

夢もたくさん見た。カッコいい方の夢じゃない。寝るときに見る夢だ。つまり、ずっと寝て居た。大学一年の頃に付き合っていた恋人の家で僕はずっと眠っていた。夜中に眠り、恋人が会社に出かける時に一度起きて、その後もう一度寝る。そうすると夢が見られた。何度も起きたり寝たりを繰り返しずっと夢を見た。もう全く眠くないのだけど夢が見たいから無理にでも寝た。

それで大体十四時くらいに起きる。テレビで料理番組がやっている。それを見る。本屋に行ったりする。そして十七時になると恋人の会社の近くの駅に迎えに行く。帰りに恵比寿のスーパーで食材を買う。今日見た料理番組で作っていた献立を覚えておくのだ。帰ってそれを作る。そういう生活を一年続けた。

そしたら大学一年の頃の単位は0だった。のび太は0点をよくとってくるが、僕は0単位をとった。どうだ凄いだろう。何の役にも立ちゃしない。見た夢も忘れた。料理の腕はあがった気がする。その頃から人がなぜ人を殺すのか考え始めた。容易に答えはでなかった。本を読んだ。考えた。答えはみつからない。やがて思考は、人とはなんだ?という方に移っていた。人は目に見えるけど、その中身、心とか精神と呼ばれるようなものは一体存在するのか?とか、自分には心があるように感じるがこれは本当に心で、また他者にも同様なものが存在するのか?とか、そんなことをぼんやり考え始めたのがこの頃だったと思う。それは今でも考え続けているけど、十年たった今ではぼんやりした暫定的な答えのようなものが見えている気がしてしまっている。暫定的な答えなんてものがある所為で思考の自由さや野生や闊達さがかなり損なわれてしまっているのだけど、それはまあ今の自分の問題で、ここには書かなくて良いか。

僕は文学科だったので、卒論は文学で書かないといけないと思っていたけど、教授に相談しに行ったら「なんでも良いよ」と言ってくれた。それが恩師の塩崎先生でこの先生が居なかったら八年かかっても卒業出来なかっただろう。

「人格の露呈について」それが僕の卒論のタイトルだ。意味がよくわからない。論旨は、「人格などというものは無くて、人格の様に見えるものは全て装いに過ぎず、他者があるから人格のように見えるだけで、個性は生物学的な個体差でしかなく、したがって人はその辺に居る鳩の一匹や、夏のセミの一匹と変わらない」という様なものだった。

それに無理やり演劇論のようなものを絡めて書いた。論文などと呼べる代物じゃないと思う。百枚書いた。教授は「人生で原稿用紙百枚も文章を書くことはもう無いんだから一回くらいやっておいた方が良い」と言っていた。僕は今でも原稿用紙に百枚とか二百枚の文章をしょっちゅう書いている。小説的な文章だけど、それもきっと小説なんて呼べる代物じゃないんだろう。だからまあ、今後も小説を書き続けるのは、延々と卒業論文を書き続けるようなものなんだろうと思う。生涯に一体何枚書くことになるのかはわからないけど、まあ、この卒業論文は人間を卒業するっていうか結局、死ぬための卒業論文みたいなものだな。死に続けている間、書くわけだから。書くなと言われてもきっと書くんじゃないかな。

東京

東京で生まれ育った。今年で三十年になる。子供の頃テレビなどで「東京の人は冷たい」とよく聞いた。自分も家族も東京の人だったから落ち込んだものだ。だけど、どうだろう、東京に東京の人がどれだけいるの？　地方から出てきて東京の人に冷たくされたら、その人の出身を聞いてみるといい、大抵、東京の出身じゃないはずだ。東京に東京の人は極少ない。

東京の町は変わり続けていく。日本中から人がやってきてそれに合わせて東京は変わる。先日、子供の頃よく行ったボウリングセンターがつぶれた。マンションになるらしい。好きだった怪しい路地はなくなった、マンションが建っている。エロ本をよく買っていた本屋もつぶれた。思い出の場所はいつの間にかマンションになり、二度と思い出せなくなる。どこに帰れば良いのか。住んでいる家すらも危ない。軒並みつぶしてマンションにする計画が進行中だからだ。国敗れて山河あり。山河すら削ってマンションになる。国敗れて？　そういえば、何かに負けたような気持ちがする。どんどん侵食されていく感覚がある。

これだけマンションを作っても作り足りないんなら、どれだけの人がここに集まってこようと思っているのか。それに何でワザワザ？　人は集まりたがるものだからか？　まあつまり東京が魅力的だからか。確かに魅力的だと思う。だけど地方の人から見た東京の魅力と、東京に生まれ住んだ人たちの見る東京の魅力は違っているように思う。便利なだけで、暗い道も、変な水溜まりも、野良犬も、ションベン臭い路地も、恐い人の居る場所もない東京は面白くない。東京は日本人の一大アミューズメントパークだから、夢を壊さないようにネガティブなものはどんどん排斥されるのじゃないか。排斥されるそういったものものも親しみ深い東京なんだけど、外から来た人には嫌なものにしか見えないのだろう。

しょうがないんだろう。綺麗で新しい本屋は便利だし。六本木のあの美術館も大したものだ。友達も九割がた地方出身者だ。みんなを家に帰したら、遊ぶ人も居なくなってしまう。恋人すら居なくなってしまう。人々が東京に集まってくるから色々な人と出会えるんだし、僕の仕事も成り立つのかも知れない。だけど、みんなは帰るとこがあるから良いよな。東京はもう変わってしまった。それがただ少し寂しいのだ。

静かに笑う女の人が好き

僕は男と女の差異について世間が言うほどあると思っていない。男も女もほとんど変らないように思う。だけどやっぱり女の人が好きだ。

おばさんやお婆さんが楽しそうにしているのが好き。おじさんやおじいさんも嫌いじゃないけど、あまり楽しそうにしている姿を見ない。おじさんの楽しさは酒の上でのことで、おばさんみたいにお茶でハイになれるのが良い。

特に、あんまり社交的じゃ無さそうな地味なおばさんが三人くらいで楽しそうにしているのが良い。小さな美術館などに来て、お茶を飲みながら小さな声で語らっているのが良い。

今年の春に見た女の人は素敵だった。多分家族で、お婆さんとお母さんと娘だった。

僕は仕事で青山に居て、余った時間に喫茶店で本を読んでいた。

茶色い人と、灰色の人と、明るい色の人が店に入ってきたのを視界の端に捉えたけど、別段気にはしなかった。彼女たちは僕の隣の席に座った。僕は本に集中出来ていなくて、コーヒーを飲んだ。

メニューを選ぶ声が聞こえる。お婆ちゃんは茶色い服を着てオシャレしている。お母さんも灰色でオシャレしている。娘は二人にメニューを説明している。なんで笑っているのかわからないけど、三人とも笑っていた。

多分、田舎から出てきたお婆ちゃんとお母さんを案内してるんだ。

とにかく笑ってて楽しそうだった。小さな声だから笑い声は聞こえないし、女の人は僕に背中を向けていたから顔も見えなかったけど、笑っている雰囲気が暗い喫茶店を明るくしていた。

お婆ちゃんが何か言っては笑い、お母さんが何か答えて笑い、娘はただ静かに笑っていた。

僕はなんだか、その雰囲気のお裾分けをしてもらったみたいで、幸せだった。勝手に盗み聞いてただけなんだけど、春とか、ちょっとした日差しとか、そよ風とか、そんなものがするように、女の人たちの小さな笑い声は人を幸せにする。

だから結局、経済をどうのとか、犯罪をどうのとか、戦争をどうのとか、考える前に、全ての女の人が静かに笑えるような環境さえ作れれば世界は平和なんじゃないだろうか。それが難しいのかな。この三人も、今は笑っているけど、泣いている時間だってきっとあって、だから三人とも美しいんだろう。

好きな人を爆笑させなくていい、ただボーっとしているときにも口の端っこが少しだけ笑っていられるような、雰囲気がつくれるような人間になれたらいいな。などと、考えながら店を出た。

三人の女性が楽しそうにお喋りする声を聞きながら。

2 演劇は思考のための道具であるか

お金は持ってないより持ってるほうが良い

僕は品川区の五反田に生まれ育った。祖父は愛知の人で、戦時中は中島飛行機で飛行機の設計をしていた。祖母は横須賀のお嬢さまだったらしい。父はそんな二人の間に生まれた。品川のこの土地は祖父が買った。祖父はそこに工場を作った。エレベーターの製造などをしていたらしい。祖父は天才肌の人だったらしい。らしいらしいが続いてしまうが、僕は祖父の晩年しか知らない。晩年の祖父は痴呆症なのかなんだったのか、発狂したかのように無軌道な性格だった。幼い僕は祖父を恐れていた。暴力を振るうようなことは無かったが、仏教に傾倒し夜中に起きだして急に念仏を唱えだしたりした。

父から聞いた祖父のエピソードがある。祖父は水上を歩く機械を作ろうとしていた。アメンボのような機械だ。それの試乗を近くの小学校のプールで行ったりしたそうだ。水上歩行器は残念ながら完成にはいたらなかったそうだが、祖父の発明は前田家にある程度の富をもたらしたらしい。エレベーターが下火になって、今度は実験用のモルモットを入れる檻や、缶に飲料を入れるコンベアーを造ったりしていた。これは僕の記憶にもある。工場で遊んでいる時、冷たく光るステンレスの檻や、缶を滑らせるためのスライダーのような管がたくさん置いてあった。まあ、そういった類の機械に関する特許をいくつか持っていたようである。羽振りの良い時はだからそこそこ儲けていたようだ。

祖父や前田家の過去のことを面白くてついつい書きすぎてしまったが、ここでお話ししたいのはそのことではなくて。つまり、僕はそういう家に生まれた。

小学校は区立の小学校だったけど、今思い返せば裕福な家庭の子供が多く集まっていた小学校だったように思う。しかし、ものすごく裕福というわけではなく、中の上か、上の下くらいの裕福さだ。中学くらいの頃に考えたのは「遊んで暮らせるほどの財産も無く、といって世間の厳しさを知れるほど貧乏でもない、非常に中途半端な裕福さ」であるということだ。確かにそうだった。大抵のものは与えられた。お金に困った経験も無い。将来に関しても、最悪、土地を売ればなんとか暮らせるんじゃないかなどと考えて育った。しかしまあ、現実はそう甘くも無く、親の財産なんてよっぽどのものじゃない限り相続するとき国に持ってかれて無くなっちゃうらしいと知る。国を恨んだ。

僕には「どうにか楽に遊んで暮らせないか」それればかり考えているところがあった。何か遊んで暮らせる手は無いかと。しかし、思えばその考えも中途半端であった。というのもしっかりと現実的な方法を模索したわけでもなく、なんとなく遊んで暮らせたら良いなあと思っていただけの体たらくだったのだ。ちゃんと真摯に「遊んで暮らす方法」を研究し続けていたら今頃、それを見つけられていたかも知れない。いや待てよ。今の俺の状況はなんだ？　充分遊んで暮らしていはしないか？　遊んで暮らしている。そう、偶然僕は今のところ遊んで暮らせる方法を手にしたのだった。偶然だ。多分。

お金はあったが使うものが無かった。何も趣味が無かった。中学から高校の頃。暇でしょうがなかった。勉強は嫌いだった。これは断じて言うが僕が怠け者だからじゃない。最近までは「僕は怠け者だから色々と理屈をつけて勉強をしないで来たのだ」と思っていたが最近わかったことには、僕は怠け者ではないのだ。ほぼ毎日欠かさず文章を書く仕事をしているし、さらには演劇の稽古をしたり、劇団の細々したこともやってるし、取材や打ち合わせもちゃんとやっている、僕は勤勉なのだ。それが勉強をしなかったのは、やはり、学校の勉強というものに必要性を見出せなかったからだろう。そして、確かに遊んで暮らすには勉強は必要なかった。遊んで暮らすには、多数を占める人と同じ土俵に立ってはいけないのだ。誰も立たない土俵で戦えば自ずと負け無しだ。相手が居ないから勝ちも無いけど。まあ、それはそれとして、お金だけあって、使い道が無かったうえ、勉強も一切しなかったので、時間もかなり余っていた。だから、時間を二束三文で売り払うようなことをしていた。漫画をずーっと読み続けたり、意味も無く町をぶらぶら徘徊したり、誰に読ませるでもない小説を書いたり、そういう無駄にも思える投資の先で小劇場演劇と出会うのだった。小説を書くのは何か合ってる気がしていてこれが仕事になれば良いなあ、などとぼんやり思っていたが、やはり筋金入りの甘えた性格で、それを現実にすべく計画的に行動したりはしなかった。小説より演劇の方がみんなでワイワイやれて楽しそうだからそっちをやろう、という考えで演劇の方に流れていった。実際、演劇はみんなでワイワイ作るので楽しかった。大学の卒業が見えてくるまでぶらぶらと演劇を続けた。

演劇をやっていると目の前に幾つかの壁が見えてくる。代表的なのは、まず才能の壁、これを越えないとっていうか、才能が無いといくらやっても絶対駄目である。だけど、才能が無いって自分に対して証明するには、ずっとやってみてそれでも駄目である必要がある。つまり、とにかくやり続けてそれでも駄目だったとき初めて自分は才能が無いと知るわけだから、それに気づいた時は手遅れだという残酷な壁なのだ。しかし、他人から見ると結構すぐわかるものだから、三人くらいから「才能が無い」と言われたら信じてやめるのが正解かもしれない。話が逸れた。次に目立つ大きな壁が、生活の壁だ。これにブチあたるといくら才能があっても家庭の事情や、金銭的な理由で演劇が続けられなくなっちゃうのだ。そしてこの壁はずっと長い間付きまとってくるのだ。しかし、僕には心の余裕があった。なぜなら実家に住んでいたから。田舎から東京に出てきた人と違い、家賃も払わないで良いし、プライドも無いからご飯も家で食べちゃうし、最悪、収入0でもしばらくは大丈夫という余裕があった。これは多分とても大きなことだったろうと思う。

しかし、裕福には裕福なりの苦悩もあるのだ。親との関係も良好だし、友人との軋轢もないし、健康だし、お金に困らないし、モテるし、本も買い放題だし、僕にはわかりやすい苦悩のようなものが無いのが苦悩だった。どう？　甘えてるでしょ？

何か親友にしか打ち明けられない秘密のようなものも無かった。無いわけじゃないけど、それは言葉にするのが難しい感じの秘密で、だからこう、それを出しとけば絶対「おっ」と思われるような苦悩が無いのだ。例えば「イジメられていた」とか「自殺未遂をした」とか「親が蒸発した」とか、そういう類のものが無い。もうこれはブルジョワとかと全く関係ない話になってくるが、ほんとうにそういう悲劇のようなものを一切背負わずに来たので、そういう背景を持ってる作家などを見るとうらやましく思ってしまう。「負けた」と思うのだ。だから、途中からもう「負けた」と思うのをやめることにした。だって恵まれていたのだからしょうがない。

僕は恵まれていたから、目の前に苦悩すべきベタな悲劇が無かった。それでだと思うけど、何か苦悩する種が欲しくて、色々無駄に考えたんじゃないのか。それは確実に無駄な悩みではあったが、もしかすると少しユニークな悩みだったのかも知れない。だからそれで今は食っている。

なんでこんな辛い思いまでして私は生きているのだろう。という悩みの「なんでこんな辛い思いまでして」の部分が抜け落ちたような悩みが僕の苦悩なのだから、随分ざっくりとしている。まあ、そんなこんなで、かなり楽な人生を今のところ歩んできてはいるはずなのに、果たして俺は幸せなのか？という問にはすぐに答えられない。僕の全てを数値化して見たら多分、僕は幸せなはずだ。しかし、その実感は虚ろであるようだ。そうなると本当、幸せってなんでしょう？　幸せであることよりも、幸せに至るまでの道筋の方が幸せだったりして。じゃあ、幸せな人は幸せじゃないかも知れないし、だとすると、一番不幸な人が一番幸せとも言える。だって、幸せまでの距離が一番あるんだから、その間一番長く幸せを享受できるもの。とか言うのは「パンが無いならケーキを食べれば良いじゃない」的な発言なんだろうか？

多分、演劇や小説に限らず、僕はその二つしか知らないけど、その二つもある側面しか知らないし、でも多分、何が芸術的な創造に従事するとき、裕福であることはかなりのアドバンテージではあるような気がする。しかし、幸福に関してはまた別な話のようだ。優れた芸術家がみな幸福だったかというと、逆な気がする。あんまり幸せだった人は少ない気がする。だからか知らないけどみんな、幸福を自慢せずに不幸を自慢するものね。そして、幸福になるために、僕は小説を書いたり芝居を作ったり、するけど、それはそれでお金を儲けて幸福になろうっていう考えではなく。そうすることで何か穴をせっせと埋めてるようなことで、その穴には底が無くて、だから底なしの穴を埋めるべくせっせと何かを作る作業は、ちっとも現実的なものではなく、観念的というか、精神衛生を良く保つための、自分への言い聞かせのようなものであるのかも知れない。

そして、その底なしの穴は多分、人間全部にあって、それに気づかない人も中にはいるかも知れないけど、とにかくその穴を埋めようとする行為こそ、幸福を求める行為であって、もし誰にとってもそうであるなら、お金は持ってないより持ってるほうが良いと思うという話である。

演劇・舞踊活動における私のヴィジョン

五反田団を旗揚げして十五年になる。最初の十年ほどは、自分に才能があるのか？　自分には演劇を続ける意味があるのか？　それを確かめる行程であった。私は自分の作品をつぶさに観察し続け、自分には才能があること、自分が演劇を続けることには意味があることを確信した。

才能は、外部からの評価によって定まるものではないと思っている。幾つかの賞をいただいたが、それは才能とは無関係とは言わないまでも、才能あるゆえにいただいた賞ではないと解釈している。だから私は賞を貰ったから私には才能があるという風には考えていない。もっと別の判断基準でもって、そう確信したのである。この判断基準に関しては説明するのにとても時間がかかるから省く。ただ、私がそう確信しているということだけわかっていただければよい。

演劇を続けることの意味についても随分考えた。まだ考えている。今は暫定的ではあるが、意味があるものと思っている。私は演劇を使って物事を考える術を、その発端ではあるが、得たと思う。言葉を使って考えるよりももっと詳細に、もっと有機的に、物事を考えることが可能であると思っている。このことが私にとって演劇を続けることの意味である。ただ、この行為は何も演劇に限ってのことではなく、小説を書くときにも同じことが言える。それでも演劇をするのは、俳優たちが居るからということ、そして私が一人だと寂しいからだ。

このこと、つまり演劇を使って物事を考えることが私にとって大事なことだから演劇をすることに意味があるということは、別の革新的な思考法を得た時には、演劇をすること（ここには小説を書くなどの他の芸術行為も含まれる）をやめる可能性があることを示唆している。ただ、それは今のところ想像出来ない。あるとしてもきっともっと先のことだと思う。

ここ五年は自分に才能があることを念頭に活動してきた。

才能のある人間は周りにも何人か居る。つまり、そう特別なことではないのだ。私は天才ではあるが未だ並の天才である。

自分が天才であることを疑う時期はもう過ぎたので、この五年は自分が天才であることを認めた上で何を為すかが問われる時期であった。つまり自分の天才を何に用いるか。

自分が天才かどうか問い続けるよりも大変な作業である。私はとにかく自分を満足させる作品をつくることを第一に考えた。世間を満足させるのとは意味合いが違う。

ただ恐かったのは自分だけ満足しても、お客さんが一切満足しない可能性である。自分も満足しつつ、世間のお客さんも満足させるような作品をつくる。これは難しいことだった。やりながら何か虚しいものも感じていた。お客さんの見たいものと自分のやりたいことの間にある乖離を感じるからである。

お客さんのたくさん入っている演劇などを見に行くと「ええー、これー？」という思いに駆られる。「じゃあ絶対俺のは、うけないわ」と思える。そういう虚しさがこの五年ついてまわった。「評論家的な人までこれを評価するの！」という驚きから、自分が間違っているんじゃないかという思いも生まれた。その都度「もういいじゃん、一人でやろうよ。演劇なんてどうせお金にならないし」と自分に言い聞かせてきた。

そういうわけで他の人の演劇を見に行かなくなったわけであるが、大丈夫だろうか？　ただ私が矮小な人間なだけなのかも知れないという懸念も残る。そういう思いもあって今は芥川賞でも獲ろうと思っているのである。そういう世間的なわかりやすい権威をとりあえず得ておいてから、好きなことをすれば自分の慰みにもなるし、とか言っている時点で随分情けないわけである。

とにかく演劇をやる理由は、皆にチヤホヤされたいという欲求、それから自分の思考のためという欲求、友達が欲しいという欲求、他にも色々あるが主にその三つであるから、チヤホヤされたいという欲求さえ我慢すればあとは手に入るのだ。それらを求めてやっていこうと思う。

ということをこの五年で考えたわけである。

ここまでにかなり字数を使ってしまったが問題ない。ヴィジョンは明確である。私はこれまでの延長線上のことをするのみである。

ただ、私はこれまで知識をおろそかにすることで何か新しいものを作れないかと考えていたが、どうやらそれはあまり意味が無さそうだとわかってきた。やはり知恵を得るには知能だけではなく、それ相応の知識も必要なようである。そういうわけで今「日本史」「世界史」「生物」「科学」などこれまでの人生で放棄してきた勉強を二十年遅れで始めている。ついに私も教養を頼りにするようになってしまったわけだ。少し寂しい気持ちもしているが、まあしょうがない。

戯曲の言葉

両親は「口先男」と僕を呼んでおりました。「口から先に生まれた男」という意味らしく、よく喋ることを揶揄して呼んでいたみたいです。よく喋るのは量ではなくて、質の方でして、口ゲンカが得意というか、屁理屈が得意だったのです。

それで幼い僕は自分は言葉を使うのが得意だと思い込み、だったら小説も書けるだろうということで、小説家を目指したのでした。

当時は、口語と文語の違いがよくわからなかった。今もあまりよくわかっていませんが。喋る言葉と、書く言葉はどうも違うようなのです。

そして戯曲は不思議です。喋る言葉を書き、書いた言葉を喋るのですから。

僕の作家としてのキャリアは、劇作家として始まりました。喋ることをそのまま書けば戯曲になるのだからこんな楽なことはないと、安易に考えていたのだと思います。ところがそうもいかない。

不思議なことに、喋る言葉を連ねていっても戯曲にはならないのです。

なぜなら戯曲には流れがあります。日常のお喋りにも流れはあるでしょうが、戯曲の流れは物語と呼ばれたりする流れのことです。

日常の会話に比べ、戯曲上の会話は圧倒的に情報量が多いのです。これは文語と口語の違いとは少し違う話ですが、そこに帰結するのでしばらくお付き合いください。

簡単な現象で言うと、戯曲の中の人物の方が実際の人物よりもたくさん喋る傾向にあります。また、戯曲の人物の話す言葉は、日常の人物が話す言葉に比べて、目標が少し遠くにあります。それはどういうことかと言うと、日常の私たちは頭に浮かんだことを、例えば「お腹減ったね」というように話すわけですが、このとき、私たちの頭には『お腹が減ったからご飯が食べたいのだけど一緒にどうですか?』とか、もしくは『あなたとご飯が食べたいです』とか、そういう程度の目標を持って話します。

戯曲の中の人物はもう少し先を見ています。「お腹減ったね」「え? そう?」「どっかご飯食べに行かない?」「うーん」「あ、じゃあ帰ろうか」とか。戯曲上に未来は書かれておりますから、未来(ここでは、一緒にご飯を食べに行くのを諦める未来)をどうしても意識してしまいます。作家はただ喋るべき言葉を今まさに書いているようでいて、実は未来を見ながら喋る言葉を書いている。

仮に、実際にお喋りしているところを録音して、文字に起こすとします。それで戯曲になるかというと「なります」、しかし面白くはない。それは「水溜まり」ではあっても「川」

ではないのです。先ほど戯曲には流れがあると申しましたが、これは私見であって、流れない戯曲もあっていいでしょう。「水溜まり」のような戯曲でも面白いものはあるでしょう。しかし、きっとそれは、作家の意思が入った「水溜まり」であり、日常の会話そのものとは違うはずです。

もう少し詳しく話します。日常の会話と戯曲の会話の違いの中で、僕が大きいと思うのは、そこに見せよう聞かせようとする意思があるか無いかだと思うのです。戯曲は見せる聞かせることを前提に書かれていますから、当然、未来を想定しながら書かれています。望む結末に向けて恣意的に言葉が選ばれています。これは日常とは大きく違うことです。

そしてその違いこそ、文語と口語の違いでもある気がするのです。

まあ、戯曲とはそもそも口語で書かれたものだ、という考え方もあるでしょう。しかし戯曲に書かれた言葉は、やはり書き言葉であり、俳優の身体を通って初めて話し言葉になる。その変態が上手くいかないと、書き言葉を話す変なお芝居が出来上がるのです。俳優の身体の中で起きている不思議な変化、書き言葉が話し言葉になり、まるで文字が生命を得て蝶のように飛んでいく、その瞬間を僕たちは興奮して眺めます。

まるで言葉が生きているように見えるのです。

僕は小説も書きます。大して上手い文章じゃない。それでも書かずにはいられない。仕事が無くても僕は書きます。これはなんなのか。僕にとって書くことは祈りに近いのじゃないだろうか。

　喋る言葉、小説の言葉、これは誰かに見せるための言葉です。祈りの言葉は誰かに見せるためにあるわけじゃない。神のような存在と話すための言葉でしょう。ならば僕の文章が祈りであるためには、誰かに見せるために書いてはいけない。いけないけど、結局それでお金をもらうわけだから、最終的には見せる。でも、見せるために書かない。でも、見せる。でも、それを意識しちゃいけない。

　今僕はその辺をグルグルまわっています。

　このとりとめもない文章は一体、誰に向けて書かれたもので、何のために書かれたのでしょうか。よくわからないのです。

五反田団のあゆみ

小学生の頃から小説のようなものを書いていた。なんの根拠も無く「俺はこれでやっていける」と思っていた。

高校生になっても、全く小説は書きあがらない。小説の断片のような文章がいくつか書きあがっただけで。なんだか寂しかった、誰にも読ませない文章を書くのは。

何か面白いことが無いかと雑誌を捲っていたら、千五百円でお芝居が見れるらしいことを知った。別に芝居なんて好きでも嫌いでもなかったが、千五百円なら良いかと思って渋谷のジャンジャンという劇場に行ってみた。学校帰り。

地下のその劇場は狭い空間によくわからない大人たちがぎっしりで、なんだか坩堝の中に居るようだった。得体の知れない熱病のウイルスを培養している坩堝のような空間にすっかり魅了された。演劇だったら寂しくないかも知れない。十六歳の頃。

僕は演劇を始めた。戯曲を書いてみたかったが、劇作家の学校は見つからない。とりあえず仲間を見つけたかったから、俳優の学校に入った。高校に通いながら通った。

十九の時、友達も何人か出来たし、台本を書いたのに、暇で、僕は大学に通っていたから、その教室を利用して芝居をしようと思い立った。

四十人ほどの教室の机を奥に固めて、その上を舞台とし、椅子をそのまま客席に利用する。僕が書いた台本を僕が演出する。俳優は僕と僕の友人の二人。照明は家から持ってきたクリップライト二灯。音響は無い。入場料を取るとお客が来ないから、逆に来てくれた人に飴を配ることにした。

一九九七年の確か五月。それが五反田団の旗揚げ公演だ。

まさかこんなに続くとは思ってなかったから『五反田団』という劇団名も大して考えずにつけた。十八年も続いてしまった。やめる理由も無いからまだまだ続きそうだ。

いつの間にやら小説の方も仕事になった。映像のシナリオも書いている。映画の監督もしている。自分の肩書きがよくわからないけど、「五反田団主宰」という肩書きもある。公的な書類、例えば宿の記帳なんかで職業欄に「五反田団主宰」とは書かない。

十八年やっているが未だに何もわからない。自分が何をしたいのか、どんなことを面白いと思っているのか。わからないから探っている。その過程が創作活動と重なっているような気がする。

参考資料
五反田団　公演チラシ

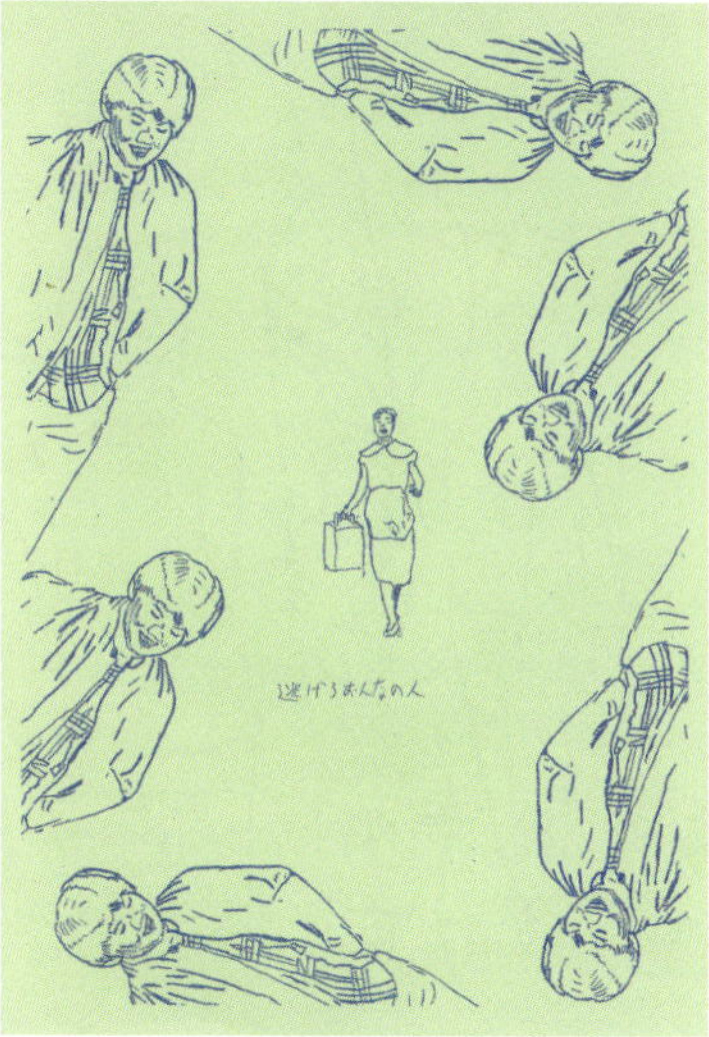

逃げろおんなの人（第 17 回公演）
こまばアゴラ劇場　2002.5.13 ～ 16

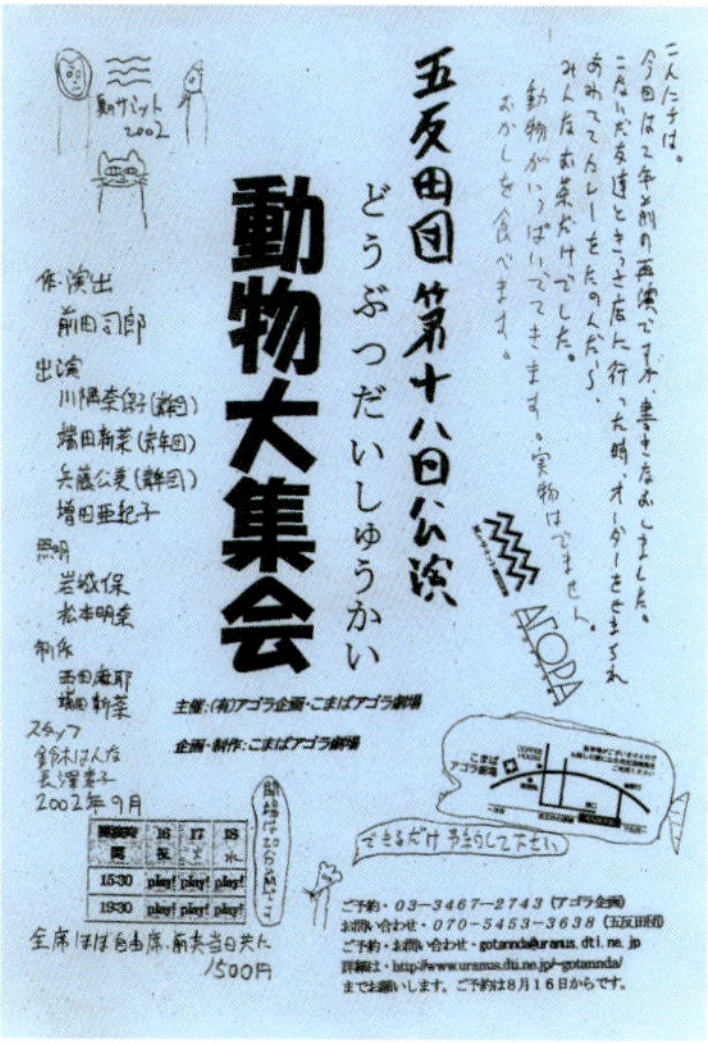

（動物大集会・裏面）

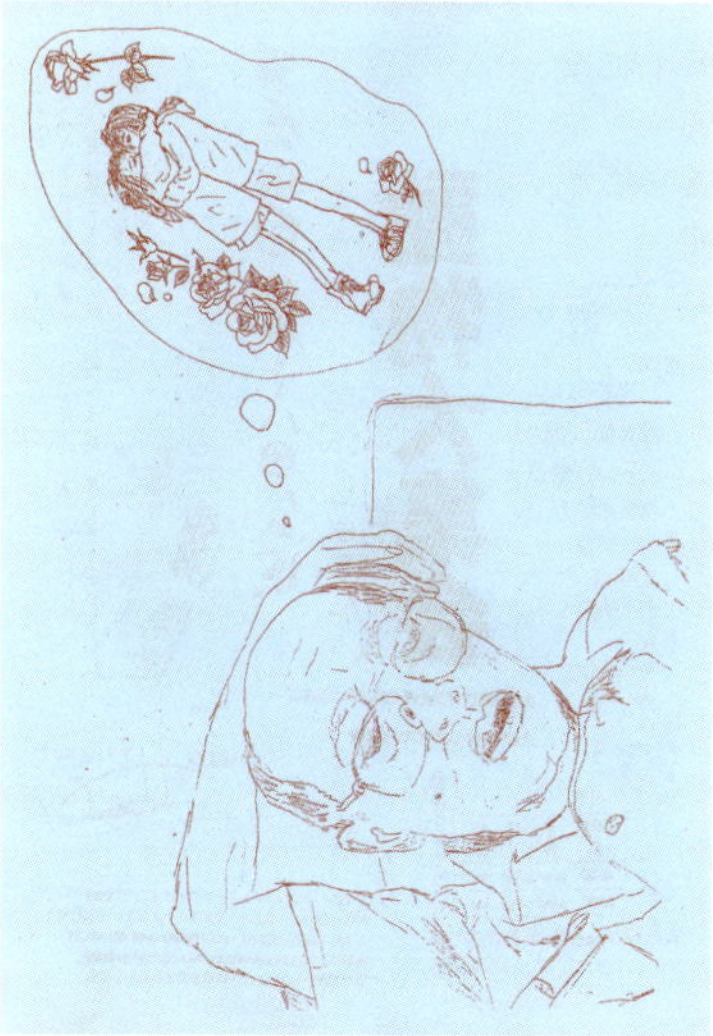

動物大集会（第 18 回公演）
こまばアゴラ劇場　2002.9.16 ～ 18

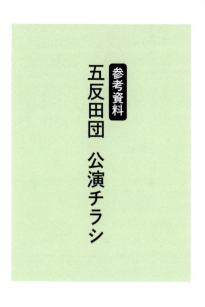

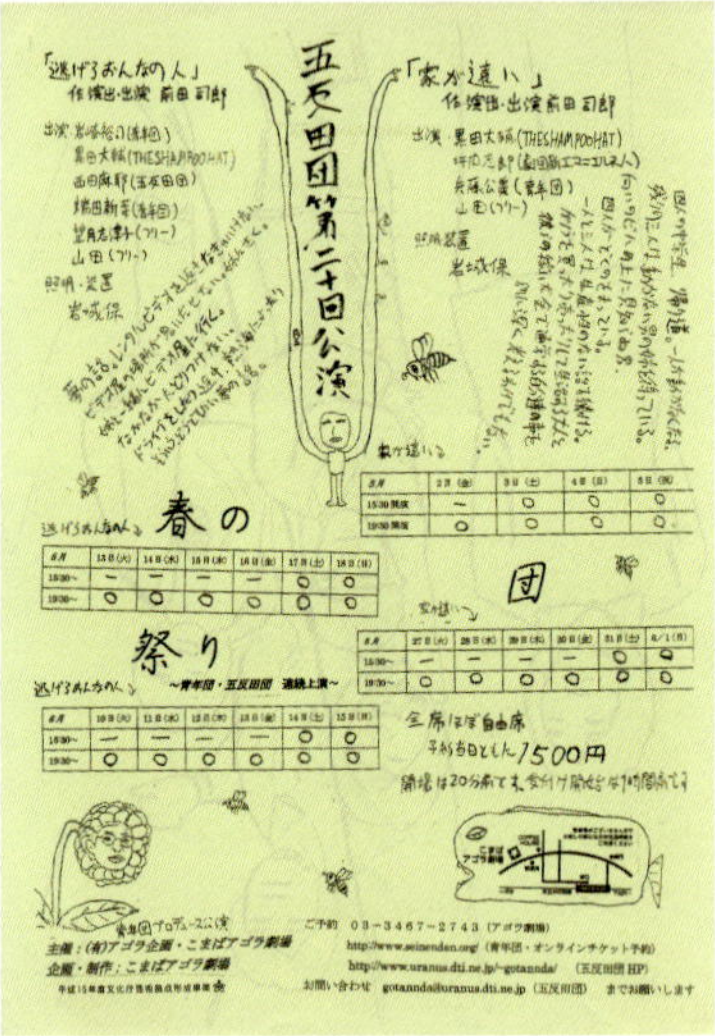

（逃げろおんなの人／家が遠い・裏面）

逃げろおんなの人・家が遠い（第 20 回公演）

こまばアゴラ劇場　2003.5.2 〜 6.15

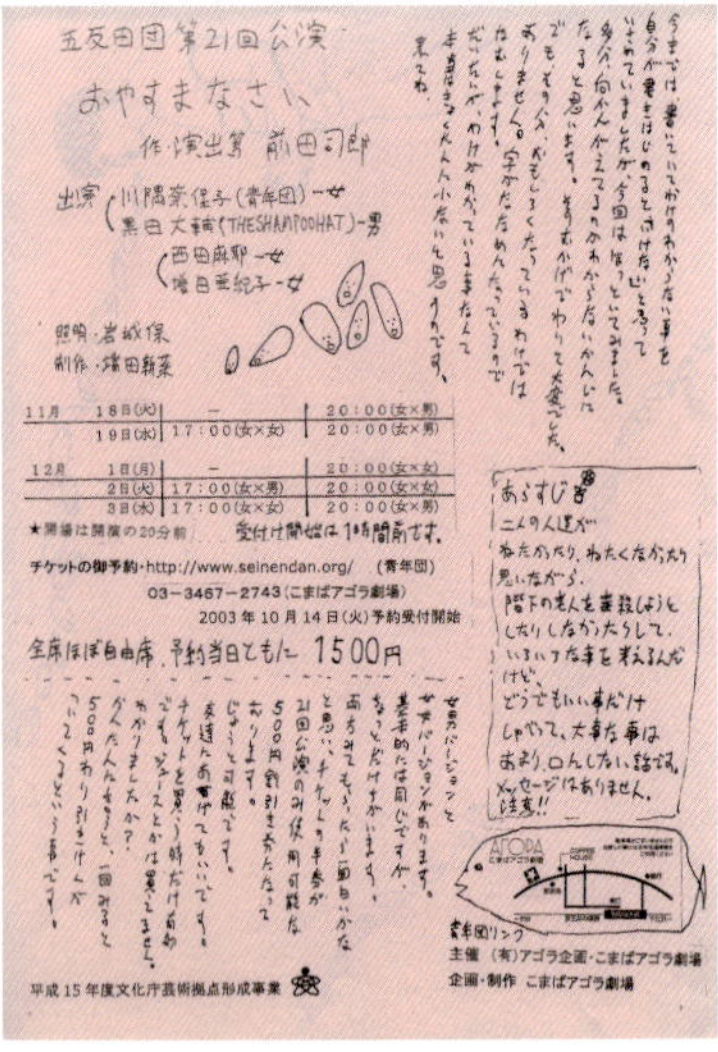

（おやすまなさい・裏面）

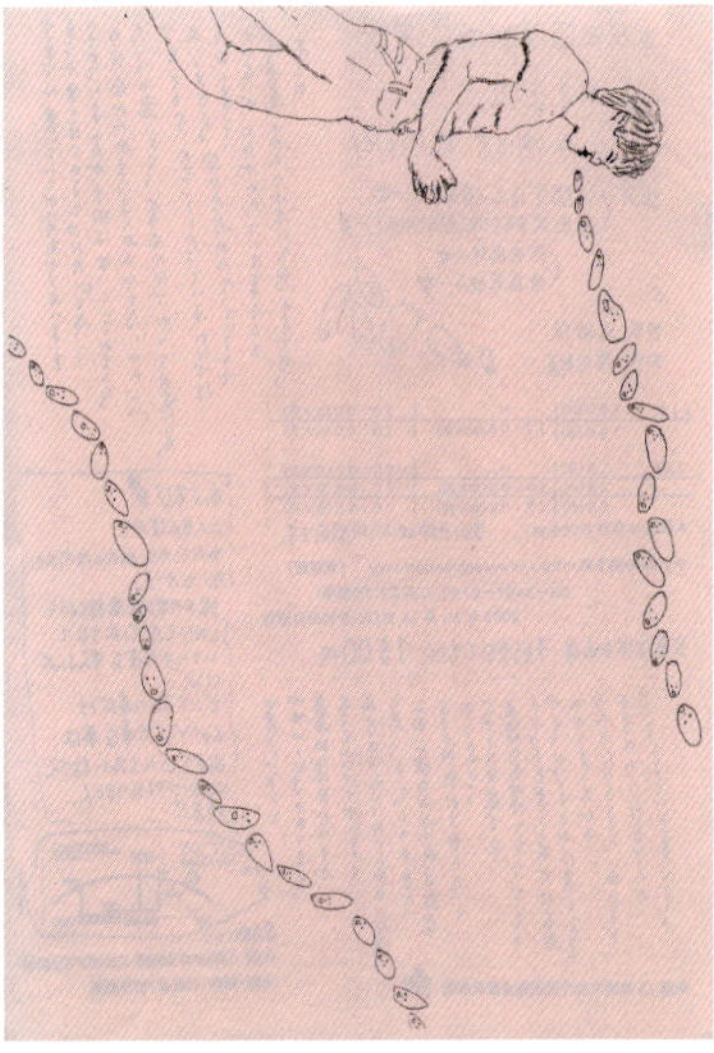

おやすまなさい（第 21 回公演）

こまばアゴラ劇場　2003.11.18 〜 12.3

ふたりいる景色（第 31 回公演）
こまばアゴラ劇場　2006.3.3 〜 3.13

キャベツの類（第 29 回公演）
こまばアゴラ劇場　2005.3.8 〜 13

さようなら僕の小さな名声（第 33 回公演）
こまばアゴラ劇場　2006.10.27 〜 11.5

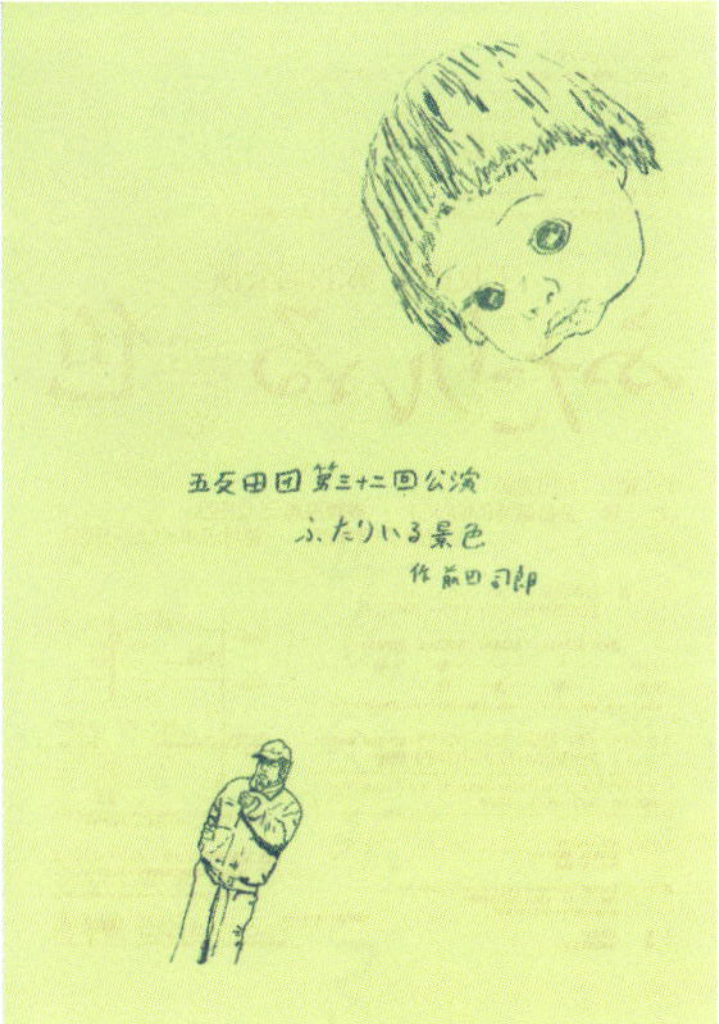

ふたりいる景色（第 32 回公演）
京都芸術センター　2006.5.25 〜 5.28

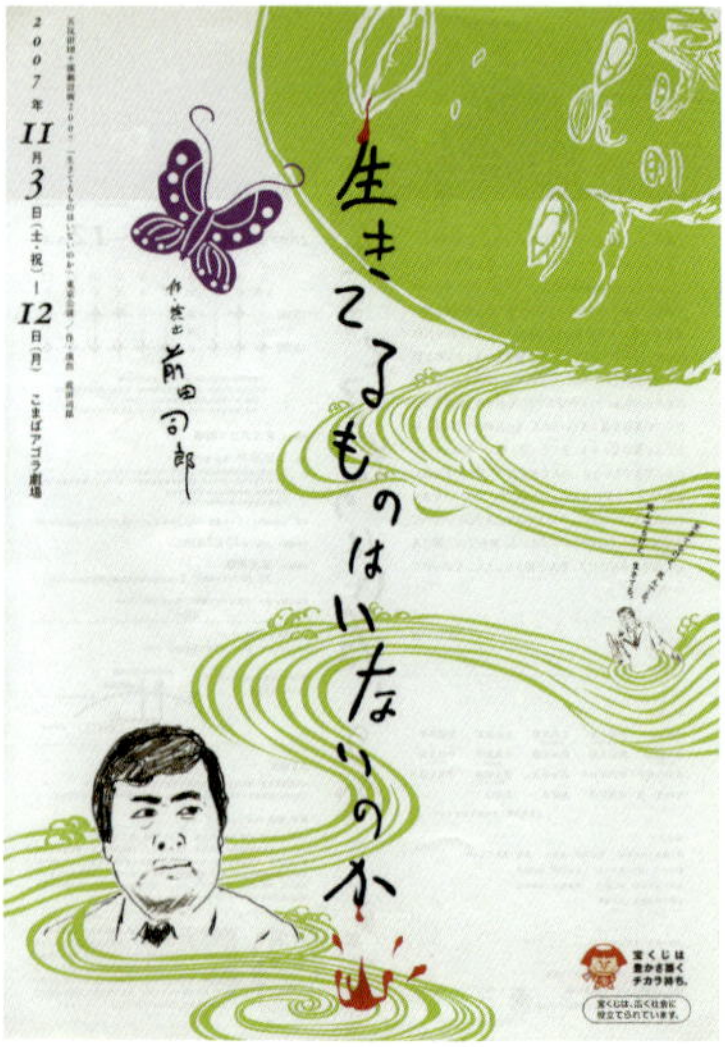

生きてるものはいないのか
こまばアゴラ劇場　2007.11.3 ～ 12

いやむしろわすれて草（第 34 回公演）
こまばアゴラ劇場　2007.3.15 ～ 25

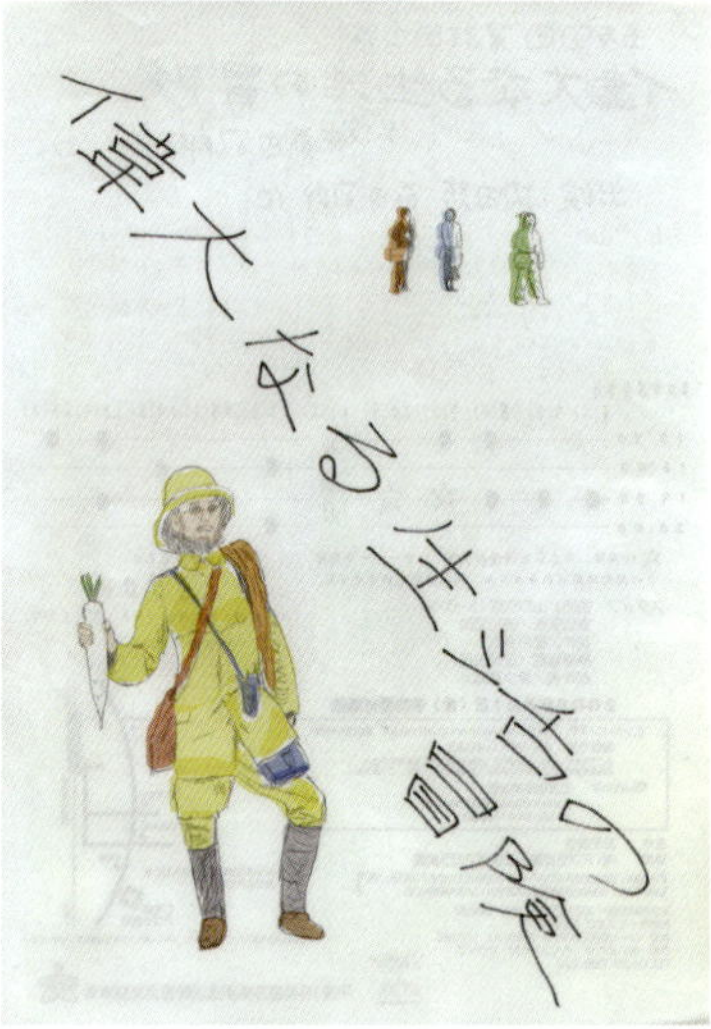

すてるたび（第 36 回公演）
アトリエヘリコプター　2008.11.15 ～ 25

偉大なる生活の冒険（第 35 回公演）
こまばアゴラ劇場　2008.3.6 ～ 16

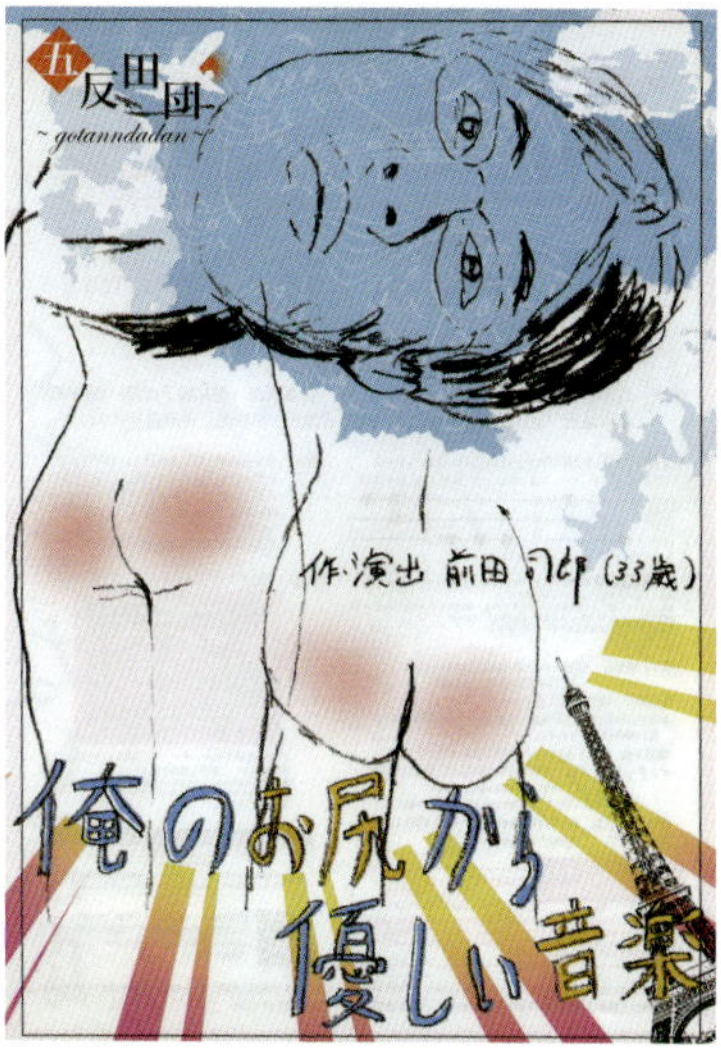

俺のお尻から優しい音楽
三鷹市芸術文化センター　2011.2.4 ～ 13

「生きてるものはいないのか」
「生きてるものか」
東京芸術劇場　2009.10.17 ～ 11.1

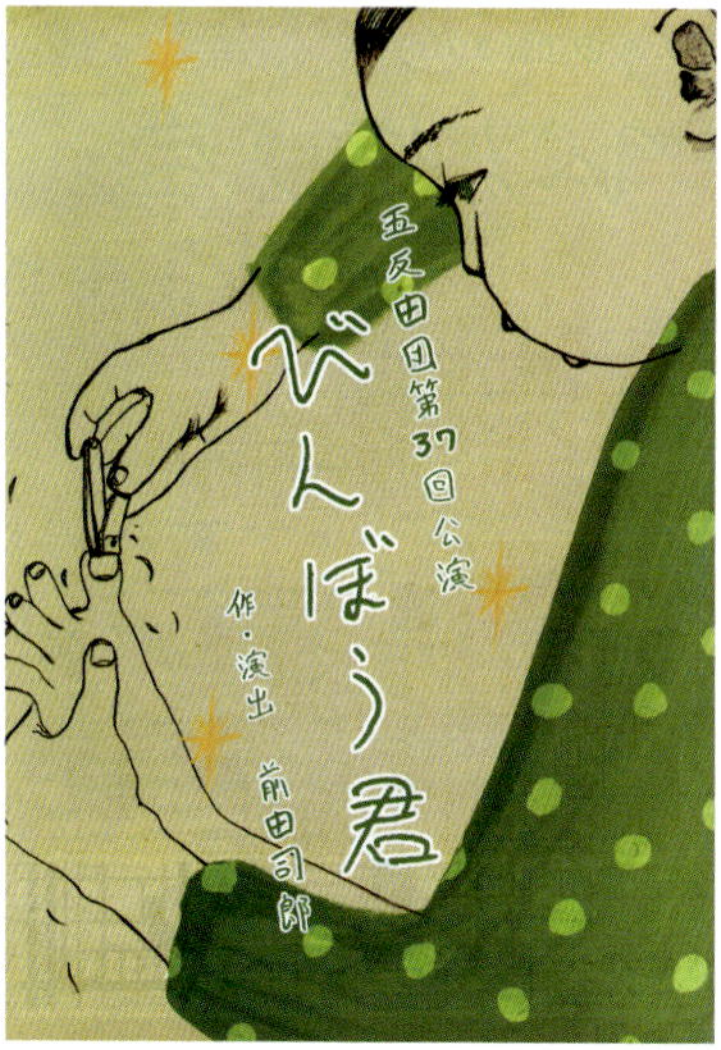

びんぼう君（第 37 回公演）
アトリエヘリコプター　2012.1.17 ～ 29 他

五反田の夜
アトリエヘリコプター　2011.11.17 ～ 20

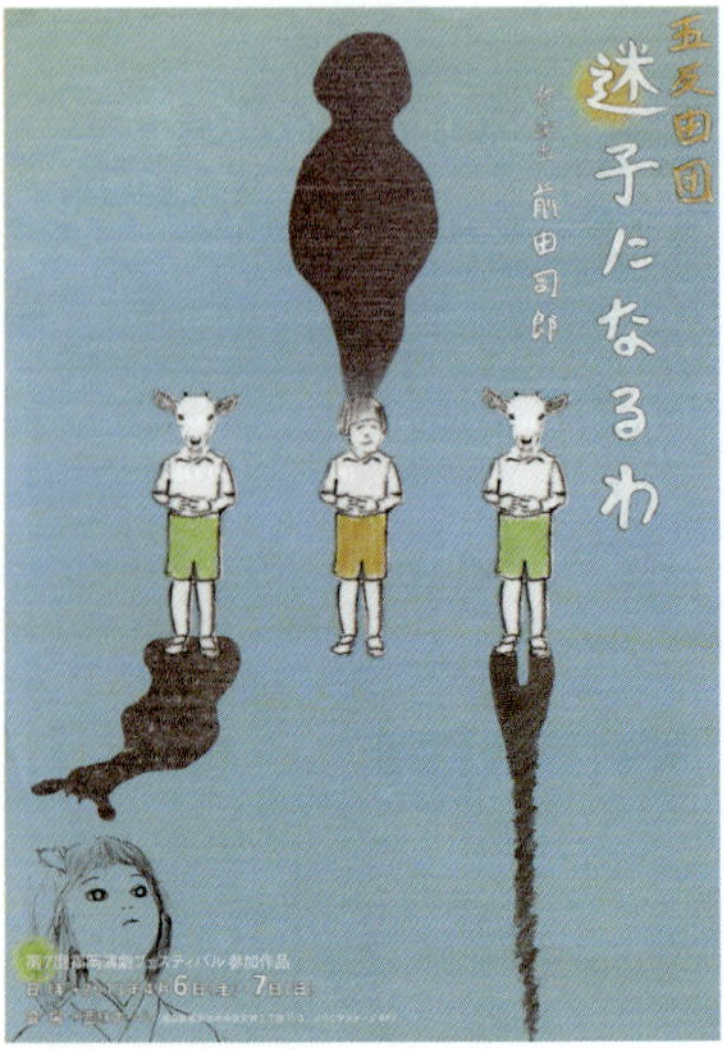

迷子になるわ

西鉄ホール　2013.4.6 ～ 7

宮本武蔵

三鷹市芸術文化センター　2012.6.8 ～ 17

五反田の夜

アトリエヘリコプター　2014.7.22 ～ 27 他

高校演劇

僕は中学高校と男子校で演劇部も無かったのでみんながうらやましい。甲子園の試合の方が、プロ野球の試合よりも面白いように、高校演劇はプロの演劇よりも面白い。プロには技術があるが、その次の公演もある。みんなは負けたら終わりだもんね。そういう捨て身のようなエネルギーは観客にも伝わるもので、つまり演劇に関しては上手い下手よりも大事なものがある。だけどまあ上手いに越したことの無いところもあって、上手い下手はある程度までは、考えて行動することでどうにかなる部分が多くてその辺に関してアドバイス出来るならしたいと思い、この文章を書いている。

簡単なところから。まず、暗転を多用しすぎるということ。テレビでは例えば「あなたは癌です」と医者が言い、適当な音楽を入れて主人公の深刻そうな顔のアップを撮ったら、もう次のシーンに行くことが出来るけど、演劇だったら暗転を入れないといけない。そこでごちゃごちゃと袖から人が出てきて病院のセットがはけて、次のシーンのセットが出てくる。この間、客は何を考えれば良いのか？　大抵の人は一旦気持ちを切ってしまう。

だから例えばシーンを変えないという選択肢もある。「あなたは癌です」と言われた直後の主人公が何をするか。実はそっちの方が面白かったりするかも知れない。暗転せずに、そういうところを見せてみるのも良いかも知れない。もしくは、あれだけ広い舞台なんだから、上手で病院のシーンが終わったら、下手で公園のシーンを始めてしまっても良い。やり方はたくさんあるので、暗転を無くしてみる方法を考えてみると良いと思う。物語にとって必要な暗転以外は、作り手の都合による暗転でしかないことを覚えておいて欲しい。

内容について。芝居はもっと自由なものなので、「ちょっと良い話」縛りで作らなくて良いと思う。みんなそれがエチケットであるかのように「ちょっと良い話」を挿入してくるけど、それが本当にやりたいことかどうか考え欲しい。僕はM女子校の芝居を強く推したけど、あの芝居で一つ残念だったのは「ちょっと良い話」を挿入し、それが振るタイプのドレッシングを振る前みたいに、「ちょっと良い話」と「それ以外」に綺麗に分離してしまっていたところだ。「それ以外」の部分こそが相当に面白く直感的で、センスに溢れていただけにもったいなかったと思う。もしどうしても「ちょっと良い話」を混ぜたいのなら、振った後のドレッシングみたいに水だか油だかわからないくらいに混ざってないといけないと思う。「ああ、ここは良い話部分ね」というようにお客さんに勝手に理解されてしまうからだ。お客さんが完全に理解したと感じてしまう舞台はあまり面白い舞台ではない気がする。まあ好みがあるから断言は出来ないけど。もっと適当というか好きなことを好きなようにやった芝居も見たかった。それにはセンスがいる。T高校の芝居はやりたいことをセンスよくやれた芝居だった。

俳優の演技について。これは難しいことで、というのも俳優の上手い下手は、その芝居を演出する演出家によって基準が違うから一概には言えないのだけど、多分、共通して言えるのは俳優が魅力的かどうかということだ。そして魅力に関して言えばこれは偽善でもなんでもなく、全ての俳優はもともと魅力的なんだと思う。舞台上では他の人と違うってことが魅力になる。全ての人が寸分たがわず同じだったらそこから好きな人を一人探し出すのはなんか大変でしょう。普段の生活では人と違う事で面倒くさいことも起きるけど、舞台ではそれが魅力になる。もちろん普段の生活でも人と違う事が魅力になることはみんなも知ってると思うけど。

俳優は色鉛筆みたいなもので、例えば赤や茶色は良く使われるけど黄緑とかはあまり使われなかったりする。でもじゃあ赤よりも黄緑の方が価値が低いかというとそんな事もない。同じ赤にしても安物の色鉛筆と、高級な色鉛筆で色の発色が違うかも知れない。でもじゃあ、発色の良い色鉛筆の方が上かというとそうでもなかったりする。その絵には安物のかすれた赤がしっくりくるかも知れない。そこは演出家の選択の問題になる。

恐ろしいのは皆が一つの方向だけを向き、芝居の理想像のようなものを持ち、そこに向かって一極化してしまうことだ。そうなれば皆の技術が上がれば上がるほど芝居は似通ってきてしまう。そんなのは面白くない。大きな演劇部では特に注意してほしい。芝居の質をそろえることが必ずしもパフォーマンスの向上に繋がるわけではない。

とにかく自分の意思で芝居をしているのだから楽しくないと意味がない。「どうしたら楽しいか」それを考えながら、少なくとも僕はやっている。出来ればみんな演劇を続けてほしい。趣味でも良いから。

映像と文学、両方浅く関わったらロクでもないことになった

映像のことも文学のこともわからないが、自分のこともよくわからないから、結局何もわからない。わからないということをわかってもらった上で、書いております。

ここ数年、映像の仕事に関わることが増えた。テレビのシナリオに始まり、映画のシナリオ、映画の監督、そんなことをした。

市川準監督と映画を作るはずだった。シナリオも書き終え、クランクインを待つばかりという時期に監督が亡くなり、映画に対する僕の思いは宙吊りのようになった。というほど映画に思い入れがあったわけではない。市川準という人物に僕は魅かれていた。だから、映画である必要はなかった。そういう感覚は今でもある。

別にやり方はなんでも良い。電車で行こうが車で行こうが目的地は変らない。でもまあ、電車には電車の楽しみがあり、車には車の楽しみがあって、電車に乗ることや、車に乗ることを目的に旅に出る人もいるわけだから、それは否定しないけど、僕には目的地に行くことが大切だから、手段は割とどうでも良い。

僕が目的地へ向かうとき、一番馴れた手段は文章を書くことだ。だから、映像の仕事をす

るときもまず文章から入る。ただ、映像よりも、舞台や小説の方が馴れているからそっちで行く方が気楽というだけだ。

文章から入るけど映画だから最終的にそれは映像になる。文章がだんだん映像に変わっていく。その変態の仕方が面白いし、難しいし、面倒くさい。そのことについて書くことが、今回の依頼の意図に一番沿うんじゃないかなあと思うので、そうする。

男は家に帰った。

という文を書いたとする。「じゃあ、どういう家だ?」ということはここには書かれていない、いないけど、これを読んだ人は、この文章の意味を理解する。

例えば小説の中の文章だったらこれで良いかも知れない。ここに、男は東京で生まれた、とか、両親と暮らしているとか、別の情報が重なっていくことで、「男の家」がどういう家かの可能性が狭まっていく。多分、木の上の竹で出来た家には住んでいないだろう。

映像の場合はそこに家が映るので、一発で「男の家」が特定される。もちろん撮り方によっては男の家を実際に映さない方法なんかもあるだろうから一概には言えないのだけど、傾向として。

この違いがどういうことかと言うと、小説の場合は広い可能性から、情報が増えていくことによって何かが特定されていく、つまり、山裾から頂上に向かって情報が精査されていくようなことが多く、映像の場合はその逆に山頂から山裾に向かっていくような傾向があるんじゃないかということである。

なんでそんなことを思うのかというと、右に書いたような理由と、もう一つは、視覚による情報の強さを意識してのことである。

「家はボロ屋ですよ」というセリフがあったとしても、見た目がボロ屋でなければ、そのセリフは謙遜として捉えられたりするだろう。言葉による情報よりも、視覚の情報の方が強いのだ。

シナリオが映像化されるとき、そのことが色々と干渉してくる。凄く悲しい状況とセリフを書いても、視覚からの情報がそれを否定すれば、そうは映らない。

だいぶ前だけど戦争中に活躍した看護師さんを主人公にしたドラマの予告編を見たことがあった。戦争に行くのはみんなカッコ良い男で、カッコ良い顔でカッコ良いセリフを言い、主人公の看護師さんは綺麗な真っ白い服を着て、戦場を駈けずり回っていたけど、「へー、なんか戦争って楽しそう」としか思えなかった。

じゃあ、文章による情報を映像で強化すれば良いのかと言うと、それは違う。悲しいセリフに悲しい映像と悲しい音楽をかぶせるなんて酷い（そういうドラマは腐るほどあるけど）。その辺の処理を読み手に任せることが出来るのが文章の強みだと思う。「絶世の美女」と書いてあれば、それを思い浮かべるだろう。映像には絶世の美女役の何々さんが出て来てしまうのである。

文章も映像も、いかに情報を出すかってことが重要に思えるが、実は情報をどう隠すかってことが重要なんじゃないかと思うのだ。

つまり芸術は、情報を提示するのではなく、情報を隠匿する作法だと僕は思うのだ。

全然、書こうとしてた結論と違う話になっていることは、上手く隠せただろうか。

器用貧乏

僕は器用貧乏だ。貧乏ではないから器用だ。戯曲も書けるし、演出もするし、俳優もやるし、小説を書いて、シナリオを書いて、最近は映画監督もした。凄い男だ。

が、評価や名声はあんまりパッとしない。いや評価や名声なんていらないですよ、でも、もらえるんなら欲しいですよ。いや、欲しいです。出来れば富が欲しいです。

全部ちょっとずつやってるから浅く広くなっているような気もするが、それでも良いとも思っていて、それは浅いことを肯定しているわけではなく、色々なことをやりつつも、何か一箇所は深く掘れているという確信があるのです。それが何かわからないので、確信は持っていても、確証がないわけで、それを正確に「ここです。ここが深くなっていってるんです」とは言いにくいところが歯痒いのですが、全ての活動に通底する何か衝動のようなものがあると信じているのです。

それを言うと大抵の方は「全て表現だから、表現することなんじゃないか」というようなことをおっしゃるわけですが、腑に落ちない。僕は表現しているつもりはないのです。表現どころかどちらかと言うと隠しているような気持ちなのです。

芝居を作ったり小説を書いたり、今回みたいに映画を作ったりするとき、僕は何かを隠しているような気になっています。それは最初からそこに全てあるのです。その一部を隠すことで、ある部分が表現される。僕にとって表現とはそういうもののようなのです。

だから例えば演劇と映画では、隠し方が違う。

舞台だったら例えば俳優の体臭や息遣いなど隠せない。映画では隠せます。そんなこと当たり前だと思うかも知れないですが、その当たり前のことが持つ意味は大きいと僕は思います。

映画はスタイリッシュに出来ます。洗練させやすいからです。ここでいう洗練とはノイズをなくして必要なもの以外を隠すことです。演劇でそれをやろうとすることも出来ますが、隠し切れないものがあると思うのです。カッコいいセリフを言っていても、劇場の外から焼き芋屋さんの声が聞こえたりするものです。俳優のお腹もなるし、鼻水が出ていることだってあります、オナラが出てもNGには出来ないのです。演劇には演劇の良さがあります。そういう生の部分を隠さない潔さがあります。

「映画は演劇に比べてリアルだ」という言説を、とある映画祭の審査員をさせてもらったとき聞きました。しかも、そこに居る映画人みんながその言説を肯定していて、僕はびっくりしたのを覚えています。

映画の方がリアルなのではなく、映画の方がより多く的確に隠すことが出来るので、無駄な情報をカット出来るだけで、リアルなのは演劇です。だって人間が目の前に居るのです。

　これはリアルだから演劇が偉いという話ではなく、無駄な情報を隠し的確な情報だけ見せることで観客にリアルを感じさせることが出来るということです。どういうことかと言うと、目の前にある情報より、そこから喚起された、脳内から出た情報の方を現実と受け取るということです。これは皆さんが夜に見る夢を思い出していただければ、納得していただきやすいかと思います。夜見る夢のあの圧倒的なリアリティを。しかし、あれは現実ではありませんね。

　なんだか煙に巻いたような感じですが、この話に時間を割きすぎるわけにはいかず、だいたいそんなことを考えているんだなこいつは、と思っておいていただければ問題ないはずです。

　で、僕は何を話したかったかと言うと、隠す方法のことではなく、隠す部分のことです。僕が何を隠し、何を晒そうと思っているかということを考えることで、僕がどこを深めていっているかわかると思うのです。それを知りたいのは僕であって皆さんは全く知りたくないでしょう。もし知りたい方がいらっしゃったら、いくつかの出版社から僕の小説が出ておりますので御購入ください。僕の本は本屋にあまり置いてない貴重なものなので、御注文いただくか、ネットで買ってください。

で、本当は結論に至るまでの思考をもう少し楽しみたいのですが、そろそろ結論を書かないといけないので、単刀直入に書きますと、僕が深く掘っていきたいのはどうやら生死に関することらしいのです。

深く掘るということはつまり、ここでは知りたいと同義なのですが、生きることは死に続けることであるのに、なんで人は今死なないで、明日死ぬのかということが、僕にはわからないのです。僕も人なので、人を僕に置き換えても同じです。なんで僕は今死なないで明日死ぬのか、ということがよくわからない。

そこを考えるために小説を書いたり演劇をしている。と、つい去年まで、僕は考えていたのです。

ところが最近、よくよく考えてみると、「ただ考えたいからこんなことをしているわけじゃないんじゃないか」と、思い至りまして、「どうもおかしいなあ、最初に小説を書き出したとき、俺はそんなことが考えたかったのかなあ」と、思うと、何か、全然、小説が書けなくなってしまいまして、プライベートでも辛いことがあって、困って何も出来なくなり、僕はとりあえず文章を書きました。小説が書けなくて、困って悩んだ結果したことが、書くことだったのです。暇だったので、書いたのです。別に誰かに見せるつもりもなく、ただ、思ったことや、目の前に浮かんだことを書きました。書いたら楽になったので、「あれ？　これは何かに似ているぞ」と思ったわけでして、それは祈りに似ているのじゃないか？

僕は特定の宗教を信仰していません。しかし、人には祈りが必要なのだと思います。僕の祈りは書くことであり、芝居を作ることであり、映画を撮ることなのだと思います。

その解釈が一番、腑に落ちる。つまり、僕がやっていることに通底してある衝動というのは信仰なんじゃないだろうか。それが何に対する信仰なのか、わからないですが、神様はそれくらい曖昧なものの方が信じられる気もするので、僕は僕の神様を信仰し、祈りを捧げ続けようと思います。

もしくは神様は自分なのかな、もしそうだったら格好悪いな。

働かない。

ここ数年来の話だが、演劇が上手になってきてしまって面白くない。何でもそつなく出来てしまう。戯曲もそつのないものが書ける。いや、そつのないものしか書けない。それが駄目だ。

原因を探っていくと、思い当たる節がある。

僕はもともと自分の才能になんの根拠も持っていなかった。根拠はないのにただ信じていたし、根拠など必要としなかった。ただ、自分には才能があると、戯曲の一本も書く前から思っていた。最初のうちはそれでやってこれた。

しかし、段々世間から評価されたり、それで生計を立てたりしだすと、それが才能を信じる根拠になってきてしまったのだ。つまり、自分の才能に根拠が出来てしまった。そうなると弱いのだ。根拠を失えば、才能を失ってしまうのである。

だから今の僕の才能は、偽物だ。人から認められているから才能がある。本当の才能は、才能があるから人に認められるのである。

そういうわけで、その根拠とお別れして、もとの無根拠の状態にもどらないといけない。

そう考えている。

なので、しばらく戯曲は書かないことにした。もうどうしても書きたいと思った時に書く。それで、密かに発表しようと思う。

でもそれだとご飯が食べれないので、劇作や演出以外のことで演劇を続けるつもりだ。小説を書いたり映画を撮ったりするのも、その一種だと思っている。

もちろん芝居もする。戯曲を書かず俳優と一緒に作るようなことをしばらくしようと思っている。

公演の動員も減らしたい。前はどんどんお客さんが増えていくことに、成功のイメージを持っていたが、どうせ、頂点は高が知れているのだ。一回、頂点に達すれば、あとは減るだけ、それに焦って、客に媚びるようなことをすれば負けだ。

僕は常にお客さんの前を行ってないといけない。お客さんの求めるものを作るのは、お客さんの後を行くことだ。大半のお客さんにとって、訳のわからないようなものを作らないといけないのだが、ただ単に訳のわからないものを作るのは違う、そういう失敗をしている人を何人か知っているので、自戒せねばいけない。

最近は宣伝をほとんどせずに、五百から七百人くらいのお客さんと一緒に芝居をするのが良いと思っている。それも間違いかも知れないけど。大勢の観客と作りたいなら芝居じゃないメディアでやればいい。

　そんなわけで演劇における私のビジョンは、今のところかなり手探りです。僕はこのまま演劇界から消えてしまうかも知れませんし、どこかで妥協して、ある程度成功した演劇おじさんの仲間に入るかも知れませんし、どこか演劇界の隅っこにしがみついてそここそ暮らすかも知れない。でも出来れば、芝居を通して、もっと違う、何か、自分でもわからないようなことを知りたい。

　誰かを救いたいとは思いません。自分を救いたいです。自分を救うことで、誰かが救えたとしたら御の字だと思います。救うというのはどういうことかと言うと、知りたいのです。真理のようなものがあればそれを知りたいし、この世界の仕組みを知りたいし、この手品のタネが知りたいのです。

　芝居をするのは楽しいですが、それだけではいけない。僕はどうしてもそれだけになりがちなので、気をつけないといけない。辛いだけでも駄目です。辛いことをしていると、何か凄いことをしているように勘違いしてしまい危ないです。じゃあ、どういう感じでやれば良いかと考えるとわからないのですが、今、なんとなく、思っているのは、祈るようにやるべきだと思うのです。毎日、ご飯を食べる前や、眠る前に、祈るように芝居をしないといけないと思うのです。芝居をすると言っても括りが大きいのですが、僕にとってはやっぱり劇作が一番です。小説を書くことも、シナリオを書くことも、戯曲を書くことも、書くことは全部同じです。

とにかく書きます。戯曲を書きたくなったら戯曲を書きます。今年度はちょっと色々リセットしてみようと思っています。頼まれて書いてるようじゃ駄目だ。誰にも頼まれないのに書かないと。勝手に書いて、勝手にやるのが一番です。いつの間にか、いい大人になってしまっていた気がします。やめます。

3　なんちゃって落語「宇宙人」

ええ、どうもどうも。まあ、ちょっとしたお話を一つお聞きいただきたいんです。

大したお話じゃないんですが、大した話ばっかり聞いてても飽きちゃうでしょ？　たまには大したことのないお話も聞いた方がいいですよってね。

ええ、東京もね、こんな風にビルばっかりになっちゃってね、なんだかホントにこの辺りも神様の作った場所だったのかなんて、思えてきちゃいますね。

あ、神様の作ったっていうのは、別にあたしが特定の神様を信じていて、そのお方がお作りになったとかそういうことじゃないですよ、単に、こう、ありのままの姿のことを言おうと思っただけで。じゃあ最初からそう言えって？　だって、思いつかなかったんですよ。

まあ、何が言いたいのかって言うとね、なんだか、もとから人工の場所みたいにそこもかしこも、まあ、コンクリやら鉄やらプラスチックやらポリエチレンやら何やらで、こう、作られちゃって、きょうびはあれですからね、公園だって鉄とコンクリで作っちゃうってんだから恐ろしいですね。

そういう場所にもまあ、動物たちは生きてましてね、当たり前ですけど、猫やら鳩やらよく見るでしょ？

ちょっと二十年くらい前には犬も野良のが居たんですがね、今は全部殺されちゃいましたね。危ないってんで。まったく勝手なもんですな。

でもね、新宿辺りにもタヌキが居るんですってよ。野良タヌキですな。ペットか何かが逃げ出したのか、山から降りてきたのか、わかりませんけどね。

タヌキといえば、キツネと並んで、化かしの達人でね、バカな人間をだましてイタズラしてたもんです。皆さんは知らないでしょうけどね。昔の人はよく化かされたらしいですよ。え？　あたし？　あたしも実を言うとタヌキにもキツネにも化かされたことはありませんね。

大体からキツネもタヌキも動物園でしか見たこと無いですからね。

あたしの友人のAくんの話なんですが、Aくんはね、キツネでもタヌキでもない、もっと珍しいものにね、会ったんですってよ。

「こんにちは」

「おおAくん、どうしたのよ、急に」

Aくんがね、あたしの家に訪ねて来たんです。

あたしもね、暇じゃあないんだから、Aくんの相手なんてしてらんないってんで、早々にお帰り願おうと思ったんですけどね、Ａくんどうしても話を聞いて欲しいって言うんですよ。

いつもはとぼけたＡくんがね、真剣な顔して必死に言うもんだから、あたしも、まあ、仕方ないってんで、仕事をいったん休憩にしてね、茶でも出してやったんです。

二人で、お茶をズズッとすすってね。

「いったいどうしたんだい？」

「僕は、あんな恐ろしい目にあったことがない」

って、こうですよ。あたしもそれ聞いて興が乗ってきましてね。

「ええ、いったいどんな目にあったんだい？　今の御時世、恐ろしい目って言ったら、車にでも轢かれそうになったかい？」

「それも確かに恐ろしいですがね、もっともっと恐ろしいことですよ」

「一体、どうしたんだい？」

「僕はね、宇宙人に会ったんです」

って、こう言うんです。

「おいおい、バカ言っちゃいけないよ宇宙人なんてそんなもん」

「いやいや、バカなもんですか、僕はホントに宇宙人に会ったんですよ」

「へえ、じゃあ話してもらおうか」

「もちろん、聞いてもらいます、そのために来たんだから」

Aくんはなんだかケンカ腰でね、話し始めましたよ。

「友達と歩いてたんです、夜でした、ちょっと飲んだ帰りにね、気分が良いんで電車に乗らずに歩いたんです。品川で飲んで、五反田の方にね」

「第一京浜沿いかい？」

「いやいやそれじゃつまらないんで、高輪の方から行ったんです」

「するってえと住宅街だね」

「そうですそうです。住宅や、大使館のある閑静な場所でね、ちょっとこうロマンチックな場所でしたよ」

「相手は女の子だろ？」

「当然、男です」

「君は馬鹿だね、男と二人でロマンチックなんて言わないもんだよ」

「馬鹿とはなんですか、僕ら二人は確かにちっともロマンチックじゃなかったけど、その夜の道は文句なくロマンチックだったんですよ」

「はあ、ロマンチックな道を、ロマンのかけらもない男二人が歩いてたってことだね」

「まあ、そうなりますかね」

「それでどうしたい、宇宙人が出てきたかい？」

「まあまあ、話はこれからです」

「やけに焦らすね」

「僕らはね、まっすぐ五反田の駅に向かったんです、だけどおかしいんです、三十分歩いても四十分歩いても一向に着かない」

「ほう、それは不思議だね」

「ええ、『おかしいなあ』『全然着かないじゃないか』『確かにこっちの方であってるはずなんだが』……僕らは暗い住宅街をずんずん進んでいきました。四十分たち、五十分たち、ついには一時間も歩いてしまいました」

「そんなにかかるはずないなあ」

「ええ、そうなんです。『これはおかしいじゃないか』『いったいどうなってるんだ』……僕らは恐くなってしまって、お互いの顔を見合わせました」

「……」

「『はっ。そうか。』僕は気付いたんです」

「……」

「『なあおい君、僕は恐ろしいことに気付いたんだが』『一体なにに気付いたんだい？』『僕らはさ』『うん』『迷子になってるのかも知れないぜ』」

「え？」

「僕らは迷子になってたんです」

「迷子になってただけ？」

「はい」

「宇宙人はまだ関係ないのね？」

「はい」

「……。で？」

「迷子になって歩いてるとですね、目の前にホワーッとした白い光が見えたんです」

「おうおう、良いじゃない良いじゃない」

「その光はホワーッとまるでこの世のものじゃないような感じでしてね、動くことは無いんですけど、どんどん色を変えてチラチラとまるで水面に映る光みたいに移ろうのです。僕たちは『おかしいなあ、おかしいなあ』と言いながら、恐くなってしまって、それでも、確かめずには居られない気持ちになりましてね」

「うんうん」

「ゆーっくり、ゆーっくり光に近づいていったんです」

「……」

「一歩、一歩、ゆっくり、ゆっくり、光に近づいていくと、光から声が聞こえるんです」

「ほお、声が」

「ゴショゴショ、ゴショゴショ。何か囁きあっているような声でした」耳を澄ます仕草。

「……」

「『うわーっ』」

「うわー、びっくりした。なんだよ急に」

「すいません、その時の状況をちゃんと伝えようと思って」

「まあいいや、叫んだんだね」

「いいえ、心の中で叫びまして」

「紛らわしいな、で」

「なんだったと思います？」

「知らないよ」

「そのね、光の中に人の姿があったんです」

「おお、やっと、出てきたね、大きな目でこっちを見てたのかい？」

「テレビでした」

「え？」

「テレビだったんです。マンションの部屋の中のテレビが窓越しに見えていたんです」

「……君はテレビにそんな驚くのかい？」

「恐かったもので」

「君は何かい？　そうやってあたしを馬鹿にしに来たのかい？」

「とんでもない」

「ほんとかい？　全然宇宙人なんて出てこないじゃないか」

「確かに。おかしいな、そろそろ出てくるはずなんだけど」

「おいおい」

「ちょっと待ってください、恐怖のあまり、記憶がおぼろげで」

「うん、まあそういうこともあるわな」

「思い出しました。失礼しました、そのあとです、本当に恐ろしい目にあったのは」

「そうそう、それを聞かせてちょうだい」

「恐ろしい光から逃れたあと」

「テレビね」

「恐ろしい光から逃れたあとのことです」

「まあいいや」

「目の前に巨大な四角い物体が現れたのです」

「……」

「その巨大さと言ったらまるで数百人、いや、数千人分の墓石を一つにまとめたような大きさで、見上げても天辺が見えないのです。『な、なんだこれは？』『こんな巨大なものは見たことが無い』『いったいなんなんだこれは？』」

「ビルでしょ？」

「ビルでした」

「ビルなんだ」

「ビルです。でっかいビル」

「で？」

「駅ビルでした」

「駅に着いちゃったの？」

「駅に着いたんですがね、五反田を目指してたんですよ、僕たちは」

「うん」

「なんと、それは、新橋駅だったのです」

Aくんはそう言って目を伏せるんですよ。

「え、それで？」

「山手線に乗って帰りました」

「……」

「……」

「おいおい、宇宙人はどうしたんだよ、待ってたんだぜ。君の話には一回も宇宙人が出てこなかったじゃないか？」

「あれ、おかしいなあ？」

「何が？」

「おかしいなあ、確かに宇宙人に会ったんだけど」

「……」

「そうだ、最寄の駅についたときです」

「うん」

「僕は友達と別れ、一人で家に戻りました」

「うん、うん、帰っちゃっていいの？」

「ええ、そこです」

「うん」

「帰って、僕はポケットから鍵を出したんです」鍵を出す仕草。「カチャ。カチャカチャ、あれ、おかしいな、おかしいなあ」

「どうしたの？」

「あ、自転車の鍵だった」

「間違えないよ、あんまり。家の鍵と自転車の鍵」

「酔っていたもので『あ、こっちだこっちだ』

鍵を捻る。

「カチャ。キーーーー」

ドアを開ける。

「僕はゆっくり部屋に入りました。バタン」

「わ、びっくりしたなに？」

「ドアがひとりでに閉まったのです」

「ドアの重みでしょ？」

「ギギギ！」

「なに？」

「床が軋む音がします。『う、うわー、イタタタ』」

「なに、なに、どうしたの?」

「これくらいの小さい、」掌くらいの大きさを示す「男の子の形をした」

「うん」

「人形が」

「人形?」

「人形です」

「人形」

「はい、人形です。木彫りの」

「木彫りの?」

「なんか友達がスイスのお土産に買ってきてくれたやつです」

「それが?」

「床に落ちてて、踏んづけちゃったんです」

「なんで?」

「暗かったから?」

「……宇宙人は?」

「……これは推測なんですが」

「なに？」

「宇宙人によって僕の記憶は消されちゃったんじゃないかと思うんです」

ってＡくん、言うんですよ。あたしは、なんだか、どうしたら良いかわからない気持ちになっちゃった、しばらくだまってましたよ。

と、まあ、Ａくんが宇宙人に化かされたのか、あたしがＡくんに化かされたのか、こと化かしあいにかけちゃあ、キツネよりもタヌキよりも、宇宙人よりも、人間が一枚上手ってことですかな。

どうもお時間、拝借いたしました。この話の記憶は頭から消してくださいね。

ごきげんよう。さようなら。

4　カメラは永遠の女

カメラの先には

宝物というと、桃太郎なんかが持ち帰ってくる金銀財宝を思い浮かべるけど、僕は持っていない。カメラのコレクターで古いカメラをたくさん持っている。中には高価なものもあるから、それが宝物だとも言えるけど、実はカメラはその先があってのものなのだ。

それを語るにはなんで僕がカメラを集めるかって話をしなくちゃならなくて、その話は非常に長くなるから触りだけにします。

カメラになんで魅力を感じるかというと、カメラは写真を撮る道具だからです。カメラのその先っていうのは、だから写真に残したいものだったり景色だったりするわけです。例えば僕が牢屋に入れられて、コンクリの壁に囲まれて一生過ごさなくてはならなくなったら、カメラが必要になります。カメラを持っていればその先のことを考えやすくなるからです。カメラで何を撮ろうか、考える事が出来ます。でもそればっかり考えていると実際、撮らないと収まらなくなってしまうでしょう。

だから、カメラよりもその先の方が重要なのです。カメラの先には綺麗な景色があります。でも、写真を撮ってあとで見てみると、綺麗な景色ってあんまり面白くない。面白いのはやっぱり人間の写真です。それでハタと気付く。人間は本当に大切だ。「物」という字に惑わされて選択肢からはずしていたけど、普通にやっぱり自分の周りに居てくれる人間ほど大切なものは無かろう。家族と友達。嫌なやつも居ないと寂しいし、困ったやつも居ないと助け甲斐がない。友達に面倒臭いやつが居れば、そいつが居ないときにはそいつの話で盛り上がれるし、不安定なやつが居ればいつもそいつの心配をしてられる。自分が面倒臭い人物で、皆から心配されたり、嫌われたりしていても、自分のことを誰かが知ってくれていると思うだけで少しは寂しさもまぎれる。一番恐ろしいのは自分が亡くなっちゃう事だけど、そうすると「俺の宝物は俺だ」という好感度最悪な答になってしまうからそれは除外するとして、そうなると「俺の宝物は自分の周りに居る人間だ」ということになる。周りの人間が幸せであることが一番嬉しい。そうなると、周りの人間が幸せで居るのには、その周りの人間の周りも幸せな必要があり、そうやってどんどん広げていくと、結局皆幸せだったら、皆一番幸せだというアホっぽい考えになる。だけどそのアホっぽいことを実現するのは難しくて、いつも上手くいかなくて、後悔したりする。

宝物は奪われたり失ったりする。だから大事なんだろうけど、出来れば桃太郎的な人、人の宝を取らないようにしてくれ。自分の宝物は自分で見つけて自分で大事にしてください。

カメラのベスト3

僕はカメラと靴とカバンばかり買う。特にカメラは大量に買った。そのほとんどが中古のフィルムカメラで、もう作られていないものだ。中には五十年とか六十年前のものもある。全部ちゃんと使える。なんでカメラを集めてしまうのかには諸説あって、僕の中でそれはいつか小説にしようと思っているからここには書かない。

カメラの中からベスト3を選ぼうと思う。しかしそれが出来たらこれほどカメラを買わなくても良かったのじゃないかと思う。どのカメラにもそれぞれ一長一短あり、それぞれに魅力がある。僕はカメラと人間のアナロジーにとりつかれている。

友達に順位をつけられないのと一緒で、カメラにも順位をつけづらい。選から漏れたカメラに申し訳なくなるからだ。だから、カメラのベスト3を選ぶのはやめようと思う。けどそれじゃあ怒られちゃうな。

例えば旅に行く時、どのカメラを持って行くかが僕にとっては一番の問題だ。その事ばかり考えている。そして決断しなければいけない。全部のカメラを持って行くわけにはいかないし、たくさん持って行っても全部は使わない。一泊の旅行なら精々二台。十日間の沖縄旅行に行った時は四台だった。確かハッセルの500C/MとSWC、ライカM3とレンズ何本か、それとリコーGR1v。カメラの名前は知らない人の方が多いと思う。なぜなら知らなくても全然生きていけるから。手に入れられる全ての情報を百としたら、生きていくのに絶対必要な情報ってどれくらいだろうか？　きっと○・○○○一とかにも満たないかも知れない。が、それは今はどうでも良い。僕はカメラのことを知りたい。カメラに触っていたい。写真を撮りたい。この欲望の正体は一体なんなのか？　その考察は僕の中ではかなりエキサイティングな議題の一つだ。

そうそう、それでカメラのベスト3の話。決められませんでした、では話にならない。旅行の時は決断して持って行くのだから、こうしようっと。「もし温泉に友達四人と一泊で行く時一台しか持って行けないとして、そのとき持って行きたいカメラベスト3！」

右の文章を書いてから一日考えました。

1位「ライカのＩｃにエルマーの35ミリ」小さいし故障もしにくいし、気軽に撮れる。一眼レフとかだと撮るのに気恥ずかしさがあるけど、これだったら大丈夫。

2位「ハッセルの500C/Mに80ミリ」中判はやっぱり綺麗だし十二枚撮れるし、使い慣れてるから。

3位「ライカのM3にズミクロンの50ミリ」ちゃんとピントを合わせたくなる欲望がやっぱりあるから。

どうでしょうか？　なんの役にも立たないランキングでしたね。ごめんなさい。

僕がカメラを集める理由（小説）

渋谷のビックカメラで時間が余った。

大学二年の頃だったと思う。そこで僕はコニカのビッグミニを買った。高級コンパクトカメラのコーナーに並んでいたカメラを何気なく見ていたら二万円台のカメラが一台だけあった。他は五万円から八万円くらいだったと思う。寄ってきた店員に尋ねるとビッグミニはF値が2.8であるという、それは高級カメラ並みのF値で値段は安いが高級カメラの棚に並べているのだという。

どうやらF値というのは小さければ小さいほど良いらしい。それがなんと2.8だという。二万円。頑張れば買えない値段じゃない。僕はそこそこ金持ちの家の子供だった。

四歳上の恋人が居て、彼女の恵比寿の家に半ば同棲していた。特に写真好きというわけではないが、父親は写真好きで姉も写真部に入っていたし、僕自身高校の頃写真部の友人に教わって学校の暗室で写真を焼いたりしていた。そういう素養があったからカメラにはちょっとした好意を持っていた。

僕はカメラを持っていなかった。恋人の妹から恋人が借りたカメラを僕は借りていた。プラスチックの不細工なコンパクトカメラでメーカーも覚えていない。覚えておけばよかった。

そういうわけで僕はビックカメラでコニカのビッグミニを買った。

ビッグミニはフィルムカメラだ。一九九七年くらいのことであるから当然フィルムカメラだ。小さい体で写りは大きい、みたいな意味かな。それでしばらく写真を撮っていた。ビッグミニは今思えばとてもよく出来たカメラだったと思う。レンズは充分に明るいし軽い。だけどポケットに入れておくと突然ジーという音がしてフイルムが巻き取られてしまうという事が何回かあった。故障かと思ったがフィルムを途中で巻き取るボタンが知らずに押されているかららしかった。これがどうにも気に入らない。

それから、電源を入れそのままシャッターを切るとフラッシュがオートになっていて、部屋の中などでは勝手にフラッシュがたかれてしまう。いちいち小さいボタンを押してフラッシュをオフにしないといけないのが面倒だった。

そうして僕は新しいカメラを欲しくなった。

これが果ての無い僕の旅の最初の一歩だった。


僕はカメラの資料を集めた。

僕が気になったのはコンタックスのＴ３と、リコーのＧＲ１ｖだった。

その二台は高級コンパクトカメラの二大巨頭という感じでビックカメラの棚の上に並んでいた。T3は35ミリ、GR1vは28ミリでF値は両機とも2.8だ。ミノルタのTC1というのもあったがこれはF値が3.5なのでやめた。

当時の僕はF値がなんなの全然わかっていなかった。ビッグミニを買うときに聞いた話でとりあえず小さければ小さいほど良いということだけ知っていた。

面倒なのでここでF値の説明をしておくと別に小さければ小さいほど良いわけではなく、確かにF値の場合「小は大を兼ねる」という側面もあるのであながち間違いではないけど、要はF値は小さければ小さいほど光を多く取り込めるということだと思う。

「思う」をつけたのは僕の知識は素人の知識で間違ってることもあるからだ。そういうものだと思って読んでもらいたい。これは一応小説なので。小説だから間違ってて良いってわけじゃないし、これは小説じゃないかも知れないけど、小説として流通させれば小説として受け入れられるものなのだ。

僕がいつも行く寿司屋の「カレイのエンガワ」は、実はカレイのエンガワではないのだけど「カレイのエンガワ」として並んで居るのだから注文する時は「カレイのエンガワくださいい」と言わざるをえない。そうすると「へい」とか言ってカレイじゃないよくわからない巨大な魚の「カレイのエンガワ」に似た白い身を職人さんが握ってくれるのだ。そういう意味においてはこの小説は「小説」であるのだ。意味がわからない？　じゃあわからないままで結構です。

で、F値の話。僕の理解の仕方では、F値は瞳孔を見るとなんとなくわかるはず。鏡を見ながら瞳孔を見て欲しい。そして瞳に懐中電灯か何かで光を当てると、瞳孔のシャッターのようなものがキュッと閉まるはずだ。光を外すと瞳孔がまた開く。この瞳孔が開いた状態がF値が小さい状態。閉まった状態がF値が大きい状態なんだと思う。暗いところから急に明るいところに出ると凄くまぶしいのはこの瞳孔のシャッターが閉まるのが間に合わないからだ、と僕は推測している。

そしてF値とセットになってるのがシャッタースピードで、これは人間の身体に喩えるとなんだかわからないので、さっきのF値の話と対応出来ないんだけど、シャッタースピードっていうのは、ああもう面倒くさい。

こんな説明がこの小説には必要だろうか？　否。不必要だ。知りたい人は自分で調べて欲しい。そういうわけで僕は、F値だとかシャッタースピードだとか、焦点距離（さっき出てきた28ミリとか35ミリとかいうあれ）だとかを、なんとなく覚えていった。というのは教科書のようなものを買って勉強したわけではなく、カメラを買って使っていくうちに覚えた。

僕はチタンに弱い。チタンが好きだ。錆びないし硬いし軽い。

コンタックスのT3はチタン外装だった。GR1vはマグネシウムだ、確か。だから結局僕はT3を買うことにした。これは多分六万円近くしたと思う。そして、このカメラには絞り優先オートというのが付いていて、これはF値をこっちで選ぶとカメラがそれに対応したシャッタースピードを選んでくれるという機能だ。

T3を使っている内に僕はF値のことを覚えた。絞れば絞るほど被写界深度が深まるということもこのころ朧げに理解した。

このカメラがまたさらに僕をカメラに溺れさせた。ツァイスなんて言葉も覚えた。Tスターとか。ブランド物なんて！　この僕がブランドを信仰するなんて。

しかしレンズを見ているだけで不思議な気持ちになる。海の底を覗き込んでいるような。深い深い海の底を。どこまでも透明なその海を見ていると何でも撮れるように思える。目の前の出来事をフィルムという物体に変換出来る機械。カメラはなんて凄いんだ。

透明なもの。光るもの。小さくて精密なもの。そして永遠に滅びないもの。僕が好きなのはそういうものだ。子供の頃も玩具は出来るだけ壊れにくいものを選んだ。鉄よりも超合金が好きだった。今にして思えば超合金の方が鉄よりも滅びやすかったのかも知れないが、当時の僕にとって超合金は永遠に滅びない物質のひとつだった。今ではチタンが僕にとっての超合金みたいなものだ。

T３は透明なレンズを持ち、光を集め、小さくて精密で、その外装は永遠に滅びないチタンだ。シャッターなんて人工サファイアなんだぜ！　こんな良いものが他にあるだろうか。大きさは掌に乗っかるくらいの箱でエッジの部分はおでんの大根みたいに面取りしてある。ダイアルを回し電源を入れるとジューチャと、いやジャーチャか？　そういう小さい音がしてレンズの鏡胴が飛び出してくる。ただの四角い金属の箱に見えるのに、その中に何か得体の知れない魔法のような機能を隠しているのである。

だけどカメラは壊れるのだ。人がいつか死ぬみたいに。このT３もいつか壊れるのだ。そして、壊れたら直せないこともある。京セラコンタックスがカメラ業界から撤退してしまった今はなお更だけど、当時も僕はそういうことを考えた。カメラは永遠じゃない。

人間は永遠を渇望し、永遠を恐れる。死に対するどうしようもない欲望は永遠への恐れと符号するのじゃないか。僕は永遠になりたいとは思わない。永遠よりも「死」に親近感を覚える。だから僕は僕の外に永遠を求める。世界はこのままで居て欲しいと思う。友人も家族も、そして恋人も。

恋人たちもまた永遠であることが魅力であると知っている。女性ファッション誌を見ろ、モデルたちは人形になりたがっている。永遠に変わらないプラスチックの人形に。

僕はT３をリュックサックの横にぶら下げていつも持ち歩いた。写真をたくさん撮った。

T3にはなんの不満も無い。ただ一点、永遠で無いということを除いては。このカメラで満足なはずだった。

35ミリの焦点距離も非常に使いやすい。焦点距離っていうのは簡単に言うと、簡単に言えないや。ちょっと面倒だけど、僕はカメラのことを話すのが好きなのでここに書いてみる。読むほうは大変かも知れないけどこれからの人生で役に立つことも、サインコサインタンジェントくらいにはあるかも知れないので我慢して読んで欲しい。我慢して読んで欲しいなんて書く小説はこれまであったんだろうか？　きっとまああったんだろう。僕の考えることなんて大抵、誰かがもう考えたことだ。で、焦点距離の話。これも僕の理解だから間違ってると思うけど、それで大体大丈夫にやってきたから、それで大丈夫だ。

まず、指で直径5ミリくらいの穴を作って欲しい。指でどうやって5ミリの穴を作るかは自分で考えてもらえるとありがたい。それをここに書くのはすげえ難しいから。で、片目を瞑り、開いている方の目にその穴を近づけて見てください。それから徐々に目から穴を遠ざけてください。

遠ざければ遠ざけるほど穴の中に見える絵の範囲は狭くなるはずですね？　そうですそれが焦点距離なのです（間違ってると思うけど、大体あってるはずだから本当に気になる人は自分で調べてください。大体でいいやという人はこの説明で大丈夫なはずです）。目と、指で作った穴の距離が近いほど広角、遠いと望遠。ちなみにミリ数が大きいほど望遠。小さいほど広角。

だから例えば35ミリのレンズよりも50ミリのレンズの方が写る範囲が狭いのです。で、フィルムの大きさが同じだから焦点距離が長ければ長いほど遠くの物が写るとそういうわけです。ズームレンズっていうのはこの焦点距離をある範囲の中で自由に変えられるレンズのことなのです。

Ｔ３のレンズは35ミリだけど近寄ればポートレートだって撮れる。45センチまで接写も出来る。しかし、それも永遠ではないのだ。そう考えると僕はＴ３とこれ以上深い関係を築くのが恐くなったのだ。僕は新しいカメラを探し始めた。永遠に近いカメラ。壊れても何度も蘇えるカメラ。

こうしてＴ３との蜜月は半年ほどで終わった。

一眼レフに気持ちが傾いたのにはまた別の理由がある。

当時付き合っていた恋人は大学の同級生で写真に詳しかった。僕よりたくさん写真を撮っていて、それは高校生くらいから撮りためているらしかった。その中で何枚か気になる写真があった。聞くと一眼レフで撮ったものだという。

彼女の友達の女の子を写したそれはピントが合った瞳のところはくっきりしていて、ピントから外れていくに従ってボケているのだ。目で見る景色よりも美しいじゃないか。当時の僕には理解できなかったが、これは50ミリF1.4くらいのレンズを使い、絞り開放で撮られたポートレートであった。

一眼レフを使えばこんな写真が撮れるのか。そう思った僕はすぐさまビックカメラに行ってカメラを物色し始めた。ニコン。キヤノン。ペンタックス。コニカ。ミノルタ。ヤシカコンタックス。

ニコンとキヤノンは別格という感じで如何にも売れてますといった風体で、ペンタックスは渋い雰囲気。コニカとミノルタは自分の立場をわきまえて、ニコンやキヤノンとは違いますからどうせ僕らはという雰囲気を感じた。

コンタックスは異色で高級感を売りにしていた。そして僕は金持ちの子だからか、高級感に弱かった。と、書いたが高級感に弱いのは貧乏人の子だ。そうなるともうなんだかわからなくなるから考えない。

僕はコンタックスが気になった。アリアというボディーなら買えなくも無い。しかし触ってみるとピンと来ない。プラスチッキーなのだ。ＲＸというボディーや、ＲＴＳⅢというボディーと比べると歴然の差がある。これが値段の差なのだが、当時の僕はまだ値段の高さ＝

質の高さという当たり前のことを実感出来ていなかった。

そして数週間悩んで結局僕はペンタックスのボディーと50ミリF1.4のレンズをセットで買った。ボディーの名前は今思い出せない。調べればすぐにわかることなのだが、調べない。それが僕のこのカメラへの愛情だったからだ。僕はこのペンタックスの一眼レフを一度も外に連れ出すことは無かった。何か恥ずかしかった。「撮ります！」という感じがして嫌なのと、そのプラスチックボディーは何やら恥ずかしかったのだ。一眼レフ所有欲だけで購入してしまった。

そういう好奇心は大抵の相手を傷つける。購入に至る前にそのカメラを好きになれないことに気づかないといけなかったのだ俺は。しかしそれが出来るには俺は若すぎたのだ。カメラは金で買えてしまうのだ。金さえあれば手に入ってしまうのである。

もうカメラは買うまいと、僕はそのとき思った。もちろんその決心はすぐに破られるのだけど。

ライカの噂は前から小耳に挟んでいた。

しかし、そんなものどうせ骨董品のようなものに違いない。何十万もするカメラなんて使えるわけが無い。

僕は五反田に出来たばかりのブックオフで「中古カメラカタログ」という本を買った。ロシアレンズの特集記事が載っていた。

そのくらいの時期、僕は恋をした。

写真好きの恋人と別れ、彼女が僕の友達と付き合い始め、すぐに別れたくらいの月に、僕は一年生の女の子が好きになった。僕は四年生になっていた。好きにはなったが一体なぜ好きなんだろうか？　僕は彼女の見た目しか知らない。そりゃちょっとは話したけどまあトータルしても三十分くらいのものだろう。それくらいで好きになってしまった。

カメラを好きになるとき、僕はそのカメラの大抵のことを知っている。レンジファインダー？　一眼レフ？　二眼？　レンズは交換式か、交換式ならマウントは？　固定のレンズなら焦点距離は、F値は？　シャッターはレンズシャッター？　それともフォーカルプレーン？　シャッタースピードの最速は、スローは何秒までか、重さは？　外装は金属？　プラスチック？　そういうことは全部知っている。知っていて好きになる。

でもじゃあ、そういうスペック的なもので好きになるのだろうか？　そういう時もあるかも知れない。でも、どうだろう？　なんなんだろう？　なんで好きになるのだろうか？　触って使ってみてどんどん好きになることもある。買ってみたらなんとなく使い辛くて失敗したなと思ってて、それでどっか旅に行く時になんとなくそれを持って行ったらとっても好きになったなんてこともある。

人間とカメラは違うけど、好きになる感情は対象によってそんなに変化しないのかも知れない。同じ「好き」って言葉を使っているからそう感じるのか、実際そうだから同じ「好き」って言葉を使うのか。

大学の最寄駅の側にモスバーガーがあった。

僕は友達三人とそこでハンバーガーを食べていた。正確にはもう食べ終えていたのだけど。ずっとくだらないことを喋っていた。

僕は喋りながらずっと向こうの席に座ってる女の子が気になっていた。長い髪で白い服を着ていたように思う。他の女の子と三人で居たのだけど、どちらかと言うと聞き手になっているようで、たまにしか喋らない。その言葉の差し挟むタイミングなどが凄く良かった。

あまりジロジロ見ているので、一緒にいた僕の友達がそれに気づいた。向こうに座ってる三人は学生寮の後輩だという。

「紹介してよ、紹介してよ」と三回くらい言ったら紹介してくれた。そこで二時間くらい皆で話して、学校で何回か会って、僕は彼女の携帯の番号を聞いた。カメラは持っていたけど、写真は撮れなかった。

中古カメラ。その中でも、もう作られていない昔のカメラ。それが今でも普通に使えるらしいのだ。にわかには信じられなかったが、その中で僕はバルナック型と呼ばれているライカをカッコいいと思った。ライカだ。あの。うーん、俺なんかがおいそれと手を出して良いのだろうか。僕は悩んだ。

ロシアカメラ専門店ＫＩＮＧ－２は当時渋谷にあった。ドンキホーテの並びのサブウェイか何かが入ってるビルの隣の地下。道に面したところに地下に向かう階段があり、ガラスの扉があった。銀色の字でＫＩＮＧ－２と書かれていたと思う。

僕はかなり緊張していた。

渋谷の街は人で溢れていて、全てが表沙汰というか、そこにある全てが公明正大で開けっぴろげというか、その時の僕の渋谷に対する感覚を上手く説明したいんだけど、どう言ったら良いのかな、何か、全部、わかってるというか、とにかく街の全部が社交的に見えていた。だけど、その扉はガラスで出来ていても、とても中に入って良い感じではなかった。それはまるで作り物の飾り扉みたいで、扉のように作られてはいるけど扉としては機能していないもののように思えた。こんな個人的な感覚を説明するのはとても難しい。

僕はその扉の前を幾度となく通ったことがあった。この道はよく通る道なんだ。しかしそこに扉があったことも僕にはオボロゲで、こうして扉の前に立ってみるとそれがとても不思議だった。そこに僕が入る可能性が出たことが驚きだった。ある時、満月が空に開いた巨大な穴でその中に入っていくことが出来る絵本みたいで、僕はそのガラスの扉に興奮していた。入るはずも無かった扉。入っていった。白い壁の階段。後ろでガラスの扉が閉まる。喧騒が遠ざかり静けさに包まれる。階段を降りきったところに店への入口がある。入口付近には作例の写真が貼られていた。花の写真や、渋谷の街の写真。

僕は店に入った。白い店内。左手にキャッシャーがあり店員さんが居た。僕をチラと見る。僕は汗をかいていた。季節はもう忘れてしまったけど、汗をかいていたのは覚えている。

右手にはガラスの棚がコの字に三つ並びカメラやアクセサリーが陳列されている。棚は開いていてカメラを手に取れるようになっている。僕はそこで一番カッコいいカメラを手にした。ゾルキーIIというカメラ。ライカII型のコピー機だ。ライカはドイツのカメラで、ロシア人がそれを元にして作ったカメラがゾルキーなんだけど、ほとんどそっくりそのままマネして作ってある。巨大なライターを横に引っ張ったみたいな外観で、レンズがついている上には小さな窓が三つ開いている。両脇の二つの窓は距離計の窓で、この二つの窓から見える景色をプリズムを使ってずらしたりして距離を測る。真ん中の窓から見える景色がそのまま写真に写るのだ。レンズはインダスターの50ミリF3.5がついている。これはライツのエルマー50ミリにそっくりの外観をしているけど、レンズ構成は全くの別物らしい。ライカに手を出すのは恐かったので、とりあえずそのそっくりさんで自分を試そうっていう考えだった。ライカとゾルキーは一卵性の双子みたいに似ていた。でも、双子ってそんなに似てるのか。見た目は似てるんだろうけど、性格はどうなんだろう。双子じゃなくても同じような服を着て、同じテレビを見て、同じ本を読み、同じような歌を聴いているのに、意外とその中身は違っていたりするものだといっても僕は人間の中身というものがよくわかっていない。性格なんてものが本当にあるんだろうか。個性とか、よくわからない。僕はたくさんいる女の子の中からなんであの子を好きになったのだろう。

ゾルキーⅡとインダスター50ミリをセットで買った。二万二千円だったと思う。ゾルキーという名前が良い。終始酔っ払った赤ら顔の大男を想像する。しかし、カメラ自体はとてもコンパクトで賢そうな印象がある。酔っ払って乱暴なんだけど実は繊細で聡明な男という印象か。

でも、違うな。カメラはやっぱり女だと思う。

死んだ女。

死んでなお生き続ける永遠の女。

フィルムを入れるのに一苦労した。馴れれば早いけど。僕は写真を撮った。ゾルキーⅡにはアイレット（ストラップなどをつけるための穴の開いた金具）がついていないから、ポケットに入れて運ぶ。でも、格好よすぎて恥ずかしいから人が居ないところでしか写真を撮れないでいた。道端の花とか、地面に落ちた何かとか、猫とか、そういうものしか撮れないでいた。

僕はもう止まれなくなった。カメラ集めを。カメラの先には何かがある。主には旅があった。カメラを持って旅に行きたいと思った。

ゾルキーを入口にたくさんの中古カメラを買った。そのほとんどがもう作られていないカメラだった。僕は歩く。新橋で降りて富士越カメラに寄る。ここはライカとハッセルをメインに扱っているんだけど、ショーウィンドウに古い二眼レフとかレチナとか古いニコンとか旧フォクトレンダーなんかが置いてあって楽しい。

僕は大学を六年かけて卒業した。一年生の女の子とはデートを繰り返し、交際を申し込み、断られ、またしばらくして交際を申し込み、断られ、二年経ってもう一度、交際を申し込んで、僕たちは付き合い始めた。

僕は彼女が大好きだった。だけど、彼女を好きだと思うと、じゃあそれまでの恋人たちの立場はどうなるんだろう?とか、彼女を一番好きだと言ってしまうにはサンプルが少なすぎるんじゃないか?とか、変な理屈をこねはじめる。それでも僕は彼女が好きだった。いつか結婚するものと思っていた。

新橋駅前の広場を通り抜けそこに大庭商会がある。大庭商会は国産のカメラをメインに扱っている。ライカやハッセルも結構な量が置いてあるけど、ニコンやキヤノン、ヤシカコンタックスの在庫が凄いから霞んでしまう。二階は中判、大判のフロアでかなりマニアックなものも置いてある。僕はここで、カンボワイドっていう四×五のカメラを買った。二〇〇九年の今、大庭商会はもう無い。

そのまま銀座に歩いて、東銀座の三共カメラに行く。国産カメラをメインに扱う店舗と舶来カメラをメインに扱う店舗に分かれていて、両店ともよく整備された実用品を安く扱っている。僕はここでハッセルのSWCと、ライカを二台、レンズも何本か買った。

僕はカメラを何台も買った。買っては売ってを繰り返した時期もある。使ったカメラの中で、手元にないのもたくさんある。僕が手放したカメラたちは今、一体どこの誰の手の中にあるのだろうか。どこかの店に並んでいるかも知れない。捨てられてしまったかも知れない。壊れたかも知れない。僕は手放したカメラの消息を知らない。

忙しくなって僕は彼女と別れた。僕は別れたくなかったのか、別れたかったのかわからない。他に気になる人が居た。それが理由ではない気もする。

彼女と別れて何かが大きく変わったような気がした。レンズを付け替えたみたいに、がらりと見え方が変わった。それまでは死ぬことなんて凄く遠いことのように感じていたけど、なんだかその辺りから死を凄く身近に感じ出した。理由はよくわからないけど、彼女と別れてからどうも決定的な何かが変わったような気がする。

こんな話退屈でしょ？　他人の恋の話なんてどうでも良い。そうなるとこの小説はどうでも良い。僕はカメラと女の関係を、特に死んだ女との関係を知りたくてこの小説を書き始めた。「なんで小説を書いてるんだろう」って考えたら、どうも「考える」ために書いているような気がする。言葉で考えられないことは小説を使って考えるしかない。

写真も多分「考える」ことが出来る。「考える」のは何も頭だけじゃない気がする。体も考えるし、小説も、写真も、演劇も、音楽も、絵画も、考えるのだと思う。

三十枚の短い小説で何かがわかるとは思わない。でも三千枚の小説だって何もわからない時はあるでしょ。

「わかる」っていうのは表現が悪いか。「考える」の結果って「わかる」だろうかっていう話で、「考える」の結果が「わからない」のことももちろんあるし「得体が知れない」とか

「さらに考える必要がある」とか「考える類のことじゃない」っていう結末もある。

僕は晴海通りを東銀座から有楽町の方に向かって歩く。「歩く」も「考える」のだ。

途中ミヤマ商会とカツミ堂を覗いていく。

なぜ僕はカメラを集めるのか。磨かれたガラスの透明な瞳を手に入れたくて。違うな。なぜ僕はカメラを集めるのか。

写真は撮れるのだ、最初に買ったカメラでも。確かに写り方は違うけど、僕はプロじゃないし、それを目指しているわけでもない。いやだからこそ僕はカメラを集めるのか。

なんだかよくわからないな。

レモン社っていうのは委託販売専門のカメラ屋さんの名前で、僕はここでライカのⅢbを買った。それが最初のライカで、故障していた。シャッターの幕速がバラついてて修理に出したらドイツ送りになった。三ヶ月かかるという。その間に僕は茨城かどこかにあるコンフォトカメラというカメラ屋さんの通販でライカⅢcを買った。

スキヤカメラは当時、雑居ビルの八階にあり、エレベーターを使ってしかたどり着けなかった。スキヤにはBGMが流れていない。あるのは沈黙だ。僕はこの日、ライカのM3を買いに来たのだ。大それたことだ。二十万円もするのだ。当時の僕はまだ大学を出たばかりで、フリーターだった。今もあんまり変わらないけど、年収は多分二百万行ってなかったんじゃないか？　何台も触らせてもらって、八十万番台のM３を買った。

それだって何台も買ったカメラのうちの一台だ。一体どれくらいのカメラが作られたか、実数は知らないけど、とにかく物凄い数作られたカメラのうちの一台に過ぎない。

僕が自分の買ったカメラを特別だと思うのは、「僕が」そのカメラを買ったからに他ならず、カメラが特別であるわけじゃない。僕もまた特別なわけじゃないから、特別なんてことがあるのか。

僕が電話を受けたのは有楽町の交番の前のスクランブル交差点だった。

彼女が結婚したと言う。

僕はカメラを集めている。

5　旅は考えない

思いつきの旅

よく旅に行く。しかしそれは本当に旅なんだろうか？　なんてことを考えてしまうのは僕の旅がただ単純に楽しく愉快で、それが故に僕の旅には何の含蓄も無いと思えるからだ。

一人秘境を行くような過酷な旅に憬れる。だけど恐いから絶対しない、そんな旅。仲の良い友人たちと安全で清潔で美味しく楽しい旅にだけ行く。基本いつでも旅に行きたいと思っているけど、疲れた時や、鬱々とした日々を送っている時には、特に旅に出たくなる。

歩いて一〇分の喫茶店に行くのも旅かも知れないけど、やっぱりもう少し遠くが良い。僕の場合大抵は伊豆か箱根だ。それが年に五、六回あって、そのほかに少し長めの期間を別場所、今年だったら長野周辺、去年は九州、その前は沖縄、などに一回行く。温泉に入るのと、その土地の美味しいものを食べるのが大抵の目的。宿だけ決めて、あとは何箇所か行きたい場所を調べたり調べなかったり、向こうでの行動はその日の朝決めて、気力や体力に応じて変更する。そして、僕たちの行く場所に、若者はほとんど居ない。おばさんの団体か老人の群しか居ない。いわゆる若者の旅とは少し違っている。

そういう旅が良いなと思ったのは、何年か前のこと。そのころ、旅はもっと定型なものだと思っていた。思いつきで旅に出て、思いつきで行動するなんて、考えもしなかった。あるとき僕は海に行きたくなって何人かに声をかけ、みんなで海に行こうと大いに盛り上がった。イニシアチブを握る人が誰も居なくて、なんとなく予定の日が近づいて、実際その日になった時には四人しか残らなかった。十人くらいで行く予定だったのに。

四人で海というのも良いんだろうけどなんとなく気持ちが下がって、電車で伊豆まで行く予定だったのだけど、もう車でどっかあて先も決めずに行こうと思った。小田原にたどり着き、そこで小田原城と象を見て、そのまま箱根に行くことにして、温泉に浸かって、休憩所で男二人「どうせなら泊まりたいね」という話をしていたら、女子二人があがってきて「どうせなら泊まりたいね」という話をしていたと言う。皆で次の日のバイトを休んで、宿を探して泊まることにする。

熱海まで車を走らせ熱海の魚屋で御造りを作ってもらって、箱根に戻って箱根の素泊まり宿で御造りを食べ、ビールを飲んだ。御造りには尾頭付きの鯛があって、その鯛の頭と骨をポットに突っ込んで、沸騰させて醤油を入れてお吸い物を作った。

旅の間中ずっと笑っていた気がする。一人孤独に考えることも、自分を見つめなおす機会も、本当の自分を探すなんてことも、無いけど。そんなことは普段の生活をしながらでも出来そうだから、せめて旅の間だけでもずっと笑って、ぐったり疲れて、温泉に入ってぐっすり眠りたい。
なんの含蓄もとりあえずいらない、ビールはあった方がいいけど。

山に登ること

登山が始まったのは小学校の一年か二年の頃だ。始めたのは僕ではなく父で、だから僕にとっての登山は勝手に始まった。

運動靴に半袖半ズボン、子供用の登山用品など持って無いから街の格好で登る。雨が降るとビニールのポンチョをかぶる。これが蒸れて身体に張り付き気持ちが悪い。

アルプスを縦走したりした。

街に戻ってくると足の爪が全部紫になっていて、取れる。爪は取れるものなのだ。

すすんで山に登る者の気持ちなどわからなかった。だけどまあ、なんとなく嫌いではなかったのはなんでだろうか。

大人になって、今度は自分で登山を始めた。小さな山ばかり登っている。金時山や雲取山、八ヶ岳など。

小さな一歩。それが重なるとあんなに遠くに見えた山の頂にも立つことが出来る。僕の仕事に重ねて、いつも勇気が湧く。一つの単語、短い文章、それを重ねて物語を作る。ちょっとでも書き進めれば、いつか一本の作品になる。人生なんかも一緒かも知れない。

山に登るとそんなことを考える。

今は最新の装備で登る。爪も取れない。雨にも快適な服がある。科学の進歩と、お金の問題ですね。登山が快適すぎるのも考えものだ。

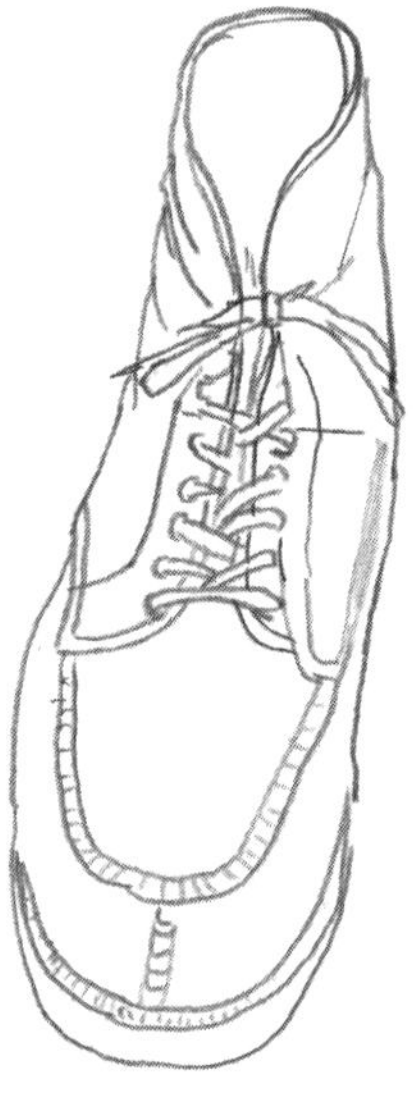

富士登山

僕は大体から社交辞令だと思っていた。石川直樹さんと初めて会って「今度富士山にでも登りましょう」と話し合った時。それがこうして実現されるに至ったことに対しては、本当に感謝したい。と、何か硬い出だしになってしまったけど、実際、あまり人から何かに誘われることが無いので嬉しかった。別の話だけど、富士山から帰った後に山崎ナオコーラさんから飲み会に呼んでもらったのも嬉しかった。稽古で行けなかったけど。また誘ってください。そして、僕はナオコーラという名前からもっとパンクな感じをイメージしていた。僕は育ちが良いのでコーラは不良の飲み物だという認識を持っている。ナオコーラさんはコーラというよりお茶のような、お茶じゃないか、とにかく全然パンクな感じは無く、もし小学校が一緒だったらきっと仲良くなっていたであろう感じの内気なんだけどボソッと面白いことを言うような人だったと、ここで断じるほど僕たちは話していないがそんな気がした。いい加減、富士登山について書かないとまずい。

僕は石川さんに言われて登山靴を買いに行った。登山靴というものはなんのあれかわからないが中学生が考えるようなカッコ良さをコンセプトにしているようで、なんか凄くカッコ良い。おいおい、こんなカッコ良い靴履いて歩くの恥ずかしいよ、と思う。スーパーカーに乗ってるみたいな感じ。それを履いて恵比寿に行った。恵比寿だぜ。富士山とは対極ではないか。でもそこが待ち合わせだったのだからしょうがない。俺は成城石井に寄った。成城だぜ。そこでお菓子を買った。リュックはいつもパソコンを入れて歩いてるやつだ。これを背負ってるとすぐ警察が寄ってきて職務質問してくる。あれは本当に心が傷つくのですぐにやめてください。

皆さんに会ったのはこの日が初めてだった。石川さんとも一回会っただけだった。ほぼ全員初対面のこの感じで、日本一の山に登っちゃって大丈夫でしょうか石川さん？「大丈夫ですよ」石川さんならそう言うだろう。僕は石川さんのことも誤解していて、もっと山男的なものだと思っていたから「山をなめるな！」的な発言が一回か二回はあるだろうと思っていたが、一回も無かった。いや、山小屋で眠る時「山小屋だから静かにね」とはしゃぐ一行を一度たしなめた事があったがそれは多分、自分が眠りたいからに違いなかった。

道を歩いていても凄い速さで（富士山の時は僕らに合わせてゆっくり登ってくれたが）走るように歩くので、「そんなスピードで歩いたら景色とか見れないんじゃないですか？」と言ったら「僕は普通の人の何倍もの速さで景色を見ているので、この速さで歩いても見えています」という趣旨の発言をしていたが、石川さんの勘違いだと思う。

しかしそんな石川さんの写真は確かに面白くて「さすが自称写真家」と言うと「自称じゃない自称じゃない」と毎回ツッコミを入れてくる。三回くらい試したが、三回とも同じツッコミを入れた。

五合目というもうすでに半分登ったところまで車で行って、そこから登るのが富士登山の常識らしい。登り口のところで老婆がお茶をくれたので「ありがたい」と思ったら「椎茸茶」だった。いや、良いんだけど、緑茶が飲みたかったな。お吸い物みたいなそれを飲んで登りはじめる。

石川さんに「この岩はどうしてこうなってるんですか？」とか「この根っこはどうしてこんな形になってるんですか？」とか「この木はなんですか？」とか聞くと「なんででしょうね？」とかいう。「あ、この人はそういう薀蓄的なものを何も持ってない！」と俺は思った。それはつまり、石川さんは野生の鹿みたいなもんで、鹿はこの木が何かとか、この岩がどうだとか喋らないのと同じような感じがした。ちょっと上手く説明できないけど、もうそういうものだと思ってもらって良いんじゃないだろうか。よくわかんないけど僕たちはだから、野生の鹿みたいなものに導かれるようにして山を登ったのだった。

一日目は七合目まで行くという。「なんだ二かよ」という気持ちだよ。五から登って七だから二。でも、二すげえ。富士山の二は、マラソン大会くらいの大変さがあって「大変だけどまあこれくらいだったらいけそうです」と、強気なことを野生の象徴である石川さんに言ったら、「明日はこの二倍ですよ」と言ったあと少し考えて「いや二・五倍ですよ」とたしなめるように言われた。「頂上が十で話してますよね？」と僕は言ったような気がする。だって今日もう七まで来てんだから、あと残り三で、つまり明日は今日の一・五倍だろうと思ったからだ。そしたら、話はそう単純じゃないらしい。詳細に関しては石川さんが多分途中で面倒臭くなったのだろう、ちゃんと教えてくれなかったが、とにかく、明日は大変だということだけわかった。

そう、寝なければいけない。十九時に。十八時くらいにはもう七合目の山小屋でご飯を食べ終わり、あとはもう寝るだけだという。『真夜中』なのに。十九時に寝る。寝れるもんじゃないよ、そう簡単に。僕はそれでもすぐに寝つき、しかしすぐに目が覚めて、時計を見て愕然とした。二十時。一時間しか経っていない。そして全く眠くない。体は疲れているが二十時といえば普通にまだ仕事している時間だ。それでもみんな静かにしている、大人としてここは隣の田中さんを起こして「なんか話して」とか言うわけにはいかない。目をつぶると金縛りにあった。僕は多分世界中の人類の中で上位三％には入るくらい、金縛りになる。なので、金縛りをはずす方法も熟知しているつもりだ。だけどこの日の金縛りは強力で、なかなか解けず、解けても、解いてはまた金縛るという、一人悪戦苦闘を繰り返していた。そういえば子供の頃よく家族で山に行ったのだけど、山小屋ではいつも金縛りにあっていたことを懐かしく思い出し、ほんわかした気分には一切ならなかった。もう恐いので、一回、完全に目を覚ましてしまえと思って二十三時ころ、本を持って、ヘッドライトを発光させ、それを手にくるみ（そうしないと明るすぎてびっくりする）、二段ベッドの上から降りて、大きな押し入れみたいな山小屋から外に出た。

月だけが光っていて、白い合羽を羽織った人が二人、小屋の前に座っていた。きっと山男的なものだろう。挨拶しないと咎められると思ったので「こんばんは」と言ったら、「はあ、どうも」みたいな感じであからさまに「知らない人が急に話しかけてきてびっくりした」という態度で返事してきたが、僕はそれを受け流し空を見てみたりした。

曇っている。月だけ異様に輝いていて、まあ、それだけなんだけど、何か感動的な気がしたのは、せっかくだから感動したいと思っているからかも知れないし、本当に感動したのかも知れない。本を読もうと思ったが寒くてそれどころじゃねえな。それにすっかり目も覚めた。もう金縛りにもあうまい。小屋に入ろうとしたら田中さんも眠れなくて出てきて月を一緒に見た。戻ったら福桜さんも起きていて、さすが『真夜中』編集部の二人。三人で少しだけ話した。そしたら石川さん以外みんなやっぱり眠れてなかったみたいでホッとして、眠った。

雲の中から太陽が出てきた。次の日の朝。

それはあまりに綺麗過ぎて嘘臭い。雲がまた嘘臭い。作りものみたいだ。綺麗過ぎて信じられない。やっぱりこれは神的なあれなのかな。神が信じられないのも綺麗過ぎるからで、なんとなく人間の方が信じられる気がする。関係ない話か。

頂上に着いたら石川さんが「本当の頂上がある」と言い出す。「じゃあそこに行かないとな」という話になる。僕は高山病という病気に罹っていてかなり気持ち悪く、歩くと振動で頭が痛かったが、もったいないみたいな気持ちで「本当の頂上登山」に賛成する。お鉢巡りというらしい。鉢っていうのは富士山の火口のこと。その縁を歩くのだ。

本当の頂上にはブルドーザーみたいのがあって作業服姿の男の人たちが石や鉄の棒を運んだりしている。人間ていうのは結局アリとあんまり変わらなくて、というのは、アリってアリからしたら信じられないくらい高いところにまで平気で登ってくるし、わけわからない場所にまで侵入してくる、人間も同じだなと思った。

富士の火口は火星みたいだった。火星行ったことないけど。とても人間の住める土地じゃない。大きな大きな凹み。子供の頃、富士山の火口でプリンを作るみたいなことを夢想したことがあったけど、大人になった私から言わせてもらえれば、無理。

下山の際、砂走りというのが大変だった。アリ地獄を下っていくみたいな感覚。霧がかかっていて先がほとんど見えない。高山病で頭が痛いし気持ち悪い、だけど、下れば下るほど症状が軽くなる。下界に近づいているんだなと感じる。

霞のなか、下の方に坂道を駆け下りている人たちが見える。石川さんとナオコーラさんだ。二人はぴょんぴょん跳ねるように坂を下る。二人は忍者ハットリくんと、あいつなんだっけ、その弟みたいな赤い小さい子供？　あれみたいだった。

どんどん小さくなっていって、やがて消えた。

小笠原旅行（二〇一一年三月一日〜十一日）

三月一日から僕は小笠原に旅行に行った。

二〇一一年三月十一日十四時四十六分。僕は帰りの船の上に居た。

小笠原への旅は高校生からの夢で、夢と言うほど大それたものではないかも知れないけど、やってみたいことの一つではあって、三十三歳の今になって、それを遂行することは僕にとって小さいことではなかった。島での生活も、二十五時間にも及ぶ船の旅も、僕には新しいことばかりで、本当に楽しい十日間だった。

最後の日に、あんな恐ろしいことがあって、楽しかった日々はまるで無かったことのように、隠されてしまったけど、無くなったわけじゃないことを確認したい。それはとても大事なことだと思える。何か、全ての楽しかった過去が現在と断絶したように僕は感じたけど、それは錯覚で、楽しかった過去が、恐ろしい出来事によって切り離されどこかに消えてしまったわけではない。過去はまだあるのだ。だから書く。

一日の朝、僕はタクシーで竹芝桟橋に向かった。日の出桟橋だと思っていたけど、朝お母さんと話していて、船が竹芝から出ることに気付いた。

曇っていて、今にも雨が降りそうだ。

不安とともに何か英雄じみた感覚を持っていた。誇らしいような気持ち。それは僕の幼稚さから来るものだが「一人で遠い島に行っちゃう俺って」という自己愛的なものだ。しかしその気持ちは、竹芝桟橋の待合場所のようなところに着くとすぐに萎えた。若者のグループが男女で楽しそうに話している。俺もあっちに混ざりたい。断然あっちの方が楽しそう。

悲しい気持ちで売店に向かい榮太樓の飴を買う。何故か小さな売店に売っていた。美味しい飴があると思うと何か大体大丈夫に思える。

船の中はまるで小さなホテルのようで、僕はリッチに特二等という名の二段ベッドの席を予約していたので、そこに荷物を置く。ちなみに二等は雑魚寝。二階部分が今日の宿だ。カーテンを閉めれば完全な個室が出来上がる。良いじゃない。狭いけど。

とりあえず船酔いが恐いので、身体を締め付けない服に着替える。事前に買ってあった酔い止めを飲む。そのクスリは「ＡＫＩＲＡ」（大友克洋）で鉄雄たちが飲んでいるような、毒々しいカプセルに入っている。その毒々しさがいかにも効きそうで心強い。

船を探検する。船は全然揺れない。なんだ大丈夫じゃないかと思った。なにしろ二十五時間あるので、わざとゆっくり歩いたりして、時間を無駄に使うことにした。

とりあえず何か食べようと食堂に行く。机も椅子も鎖で固定されている。その大仰さに、このほとんど揺れない状態は長く続かないいんじゃないかと思う。まだ東京湾の中だから、揺れないのかも知れない。油断はすまい。

ステーキが食べたかったが、気持ち悪くなったら後悔するので、しょうが焼きにした。東京湾を出ると案の状、揺れ始めた。結構な揺れだ。甲板が開放されたので、甲板に出ることにする。遠くを見ていれば酔わないらしい。遠くを見ていようと思う。船酔いが恐いのだ。ベンチに座ってアホみたいにただ遠くを見ている。

隣で本を読んでいる人が居る。あの人、酔うだろうなあ。それとも船のプロで、酔いに物凄く強いのかも知れない。

海があって雲がある。そこに太陽の光が入って、それだけなのに飽きない。途中、老婦人がやって来て隣に座ったので話す。酔ってしまったらしい。何を話したか忘れてしまったが、結構長いこと話していた。途中で旦那さんもやって来た。小さいマスクをしている。三人で話した。波の音、風の音がすさまじく、お互いの声がほとんど聞き取れない、しかし、楽しい会話だった。会話とは、ただの情報の交換ではない。情報の交換よりもむしろ、それに伴う原初的な喜び、即ち「そこに他者が居て、自分を気にかけている」という感覚の方が主なのではないだろうか。御夫婦はしばらくして、船内に戻った。甲板は寒いのだ。

僕はダウンジャケットを着て、その上にレインジャケットを着ていた。山に登るために揃えたものだけど、旅に行くのに凄く便利だ。

海を見ている。もうすでに何時間もここに居る。海の写真を撮ったりしている。途中、船内に入ってトイレに行ったり、自分の場所に戻ってフィルムを取り出したり、飴を舐めたりしたけど、計何時間かここに居る。

こうして飽きずに見ていると、自分が作っている芝居とか、小説とか、ドラマとか、なんなんだろうと思う。芝居を作っていて、一時間半飽きさせないのは凄く難しい。もちろん見る人によって違うから、海を見てても数秒で飽きる人も居るだろうが、僕自身を基準にして、景色よりも面白いものを作れる自信がまだない。じゃあもう芝居なんて作らないで、旅行業者になった方がいいのかも知れないが、それも悔しいのでやっぱり、芝居や小説を作っていかないといけない。

船の先頭の方に行ったら凄い風で飛ばされそうになる。それだけで面白くて大笑いした。

父島の二見港には大量の人が居た。おがさわら丸に乗っていた人たちと、それを迎えに来た人たちだ。天気は悪い。

僕は一切酔わずに、かなり快適な船旅をしてきた。一緒に船から降りる人の中には死にそうな顔の人も居る。

宿泊施設の名前が書かれた看板を持った人たちに中に「父島ペンション」の名前を見つける。僕はスーツケースを引いてそっちに向かった。僕がお世話になるのは「ポートロイド」という名前の宿だけど、「父島ペンション」と同じ人が経営している。

野球帽に丸メガネをかけた菊池さんは、ガハハと笑いながら酒を飲みつつ肩を叩いてくる感じの南国育ちのおじさんのイメージとは違う繊細そうな人で、なんとなく安心する。僕は南国は好きだが、僕が勝手に南国に対して抱いているオープンな感じが恐い。そういうノリに上手くあわせられないからだ。嫌いじゃないんだけど、上手く立ち回れない。

二言三言会話を交わす。船酔いは大丈夫でしたか？　とか、そんな感じの会話。

車で宿まで運んでもらう。二見港から宿までは全然近かった。

僕は育ちがお坊ちゃんなので、大勢で泊まる時とかは、全然どこでもかまわないのだが、一人で泊まる時に宿が野生的な感じだと、恐い夢を見たり、家に帰りたくなる。出来れば宿は綺麗なところが良い。それで「ポートロイド」にした。普通に東京（小笠原も東京だが）にありそうな綺麗な1Kで湯船があるし、トイレも綺麗だし、キッチンも付いていて、ネットもさくさくだし、とても居心地が良い。南国情緒には欠けるかも知れないが、そういうのを求める人は「父島ペンション」の方に泊まるのが良いと思う。ここまで褒めると「幾らかもらっているのか?」と疑われるが、もらっていない。

窓からの眺めは別に良くない。この辺は大村という場所で、父島の都会でお店しか見えない。どこに行くにも便利だし、お店もたくさんあるから、暮らすには良さそうだ。

今のところ失敗がない。上々の滑り出しじゃないか。と悦に入りながら、飯を食いに行ったらスコールみたいな雨に降られた。

父島では主に、左のようなスケジュールで暮らした。

起きて隣の父島ペンションに御飯を食べに行く、そこで菊池さんと話して、「どこに行くのが良いか?」とか聞いたり、「どこどこに行くにはどうすれば良いか?」とか聞く。

一旦、家に帰ってテレビを見たり少し体操をしたりして、十時くらいに出かける。

大村のパン屋でサンドイッチと甘いパンとお水を買って、どこかに歩きに行く。途中でパンを食べる。

さらに歩き、ハートロックカフェというホテル兼カフェでコーヒーを飲みながら仕事し、十八時半位に家に帰る。

また父島ペンションに行き夕飯。帰って仕事をしたり本を読んだりして、風呂に入って寝る。

歩きに行く場所を日々変えたり、一日船に乗りに行ったりとか、そういうことはあったが、ほぼこのスケジュールを堅持した。それを十日間以上続けたわけだから、飽きそうなものだがこれが全然飽きなかった。最初の五日間ほどは、ほとんど一人で行動していた。

父島にはたくさんのビーチがあり、それぞれが個性的で、さらに大村から遠いところや近いところ、行くまでに山を越えたり海辺を歩いたり、ただビーチまで行くことでちょっとした探検のような気分になれる。

村営のバスがあってそれを利用すればすぐなのだけど、暇なのでその日はコペペ海岸まで歩くことにする。十時に出て、大体十五時くらいには戻ってこれるだろう。

小笠原は思っていたより涼しい。半袖だとちょっと寒いくらいか。それでも歩いていると汗ばんでくる。日によるが二十度いくかいかないかという日が多かった。

まず水産センターがあり、次に海洋センターが見えてくる。水産センターには水族館があり、海洋センターには亀がたくさんいる。

道から海を見ると青い。自転車に乗った女の子が僕を追い越していく。挨拶する。

とりあえず亀を見とこうと思って海洋センターへ。

アオウミガメが水槽に入っている。水槽と言っても広い湯船のような形で、蓋は無い。そこに一匹の亀が泳いでいた。僕しか居ない。でかいなあと思ってみていたら、亀がこっちに気付いた。亀がこっちに気付いた事よりも、亀がこっちに気付いたことに僕が気付いたことの方が驚きが大きいだろうと思う。相手は亀だし。でも亀はテレビや何かで見ていたよりも生っぽい。甲羅に覆われているからなんと言うか無機質というか、ロボットっぽい印象を持っていたけど、実際見ていると、人間味がある。海の老人は、海老か？　でも亀もおじいちゃんみたいな感じがする。それは目がとても人っぽいからかも知れない。だから「あ、今俺に気付いた！」と感じる。亀が寄ってくる。水槽の縁に顔を乗せこっちを見ている。可愛いと思って近づいてみる。ハー、ハー、ハーと息遣いが聞こえる。やっぱ恐い。人間の変態みたいな息遣いだ。俺を見ている。前ビレをバタンバタンと縁に打ち付けている。「ちょっと恐すぎる」と、亀に別れを告げ、再び歩き出した。

境浦まで歩く。どこにあるのかわからずに通り過ぎてしまった。少し戻ると自転車が一台止まっていて、そこから下り坂がある。これを降りればいいのかな？　コンクリートの道を降りていくと左手が林になっていて、小川が流れている、それが海に注いでいた。小さな橋を渡るとビーチがある。境浦だ。トイレの建物があってその前に大きな木が何本か生えている。木の向こうには小屋がある。小屋の向こうに海。小屋のベンチには先ほど道ですれ違った女の子が座っていた。挨拶する。とりあえず靴を脱いで海に入ってみる。冷たい。透明な水。青い空。白い雲。嘘みたいだ。嘘みたいに綺麗だ。そういう場合、嘘みたいであることの方が先に来る。しばらく居て、風が強くなってきたので歩き出す。その日はコペペ海岸まで行った。

途中扇浦を歩いていたら向こうで誰かが手を振っている。船で出会った老夫婦だった。嬉しくてがっちり握手を交わす。小笠原に訪れたのは御主人たっての希望で、「来れて本当に良かった、何もかも素晴らしい」とおっしゃっていた。それを聞いて僕はなぜか密かに泣きそうになっていた。

別の日、イルカと泳ぐツアーというのに参加した。父島にはそういうツアー（ホエールウォッチングとかイルカと泳ぐとか、シュノーケリングとかダイビングとか）を主催するお店がたくさんある。それぞれ船を持っている。

当日、僕は店を間違えて、予約した店と違う店でウエットスーツを着てぼんやり待っていたら「あなたの名前が無い、隣の店じゃないか」と言われ、「まさか」と思ったが、その人の言うとおりだった。

海に出ると陽射しは強いが気持ち良い。

その日はおがさわら丸の出航日で島に観光客がほとんど居ない。前の船で来た人は帰ってしまったのだ。友達になった御夫婦もその船で帰ってしまった。だからツアー料金が安いのだ。ほぼ半額で参加させてもらった。

マンタを発見したというので海に飛び込んでそれを追いかける。深い青の中に泳ぐマンタの後ろ姿を見た。嘘みたいだった。

クジラを見た。クジラはたくさん居るので、扱いが低い気がする。「クジラはいつでも見れるので、イルカの方に行きましょう」的なことを船長が言って、イルカが居るらしい海域に移動する。

どうやって海の下にいるイルカを見つけるのか不思議なのだが、陸の上に観測所があり、そこから探す人が居て船に連絡が来るらしいのだ。さらには船同士で情報をやり取りしているらしい。だからイルカが居たぞ！　ということになるとそこに何隻かの船が集まる。イルカも遊びじゃないから、その場でずっと待っててくれるわけじゃない。イルカに遭遇出来るかは、運や船長の腕が関わってくるのだ。僕の船長は優秀でイルカが居るところにすぐに連れて行ってくれた。

「入ってください」と係の人に言われ海に入る。水温は高くないが、ウエットスーツっていうのは初めて着たけどよく出来ている、あたたかい。

イルカは速いので、イルカの泳ぐコースを読んで先回りしておく、僕たちは入水したらあらかじめ指示されていた方向にとにかく全速力で泳ぐ、そうすると後ろからイルカがやって来て僕たちを追い抜いていくのだが、その時一瞬並走出来るのだ。その一瞬をして「イルカと泳いだ!」と言い張るのだ。

僕は泳ぐのは得意な方なので、他の参加者の中でも速い人たちと先頭の方を行くことになる。参加者の中には地元の人も混じっていて、そういう人たちは馴れたもので少し深いところまで潜ってイルカを裏から見たりしている。僕はそれは次の機会にしよう。

イルカと泳ぐ時は両手を身体にそわせて動かさず足だけで泳がないといけない。手を出すとイルカが嫌がるのだそうだ。

イルカが後方から全力でやってくる。数頭の群だ。速い。恐い。いつの間にかイルカ僕イルカみたいなことになっている。後ろからも迫っている。あれに追突されたら普通に死ぬんじゃないか? イルカの身体に何か腫瘍のようなものが付いている。気味が悪いのでよく見たら、腫瘍みたいなものにもヒレがある。コバンザメらしい。頭にある吸盤かなにかでイルカに完全に張り付いている。なんて生き方だ。

イルカが僕の真横を追い抜いていく。大学生のころ世田谷通りを走行中、暴走族の集団に巻き込まれ追い抜いていかれた時のことを思い出した。人間は全ての生き物の頂点というわけじゃやっぱりねえなあ。

その日、道で何度かすれ違った女の子と喫茶店で再会した。お互い名前も名乗りあう前に友達になった。そういえば仕事や学校以外で新しい友達が出来ることなんて、しかも、誰かの紹介でもなく、そんなことはほとんど記憶に無い。その子とジョンビーチに行くことにした。ジョンビーチは大村から結構離れていて、バスに乗って小港海岸まで行き、そこから歩くことにする。

翌朝バス停で待ち合わせて小港に向かうと、小港で降りたのは僕と彼女と二人の男性だけだった。二人の男性となんとなく話していると、目的地は同じらしい。じゃあということで四人で行くことになった。こんな日本昔話みたいな展開があるのか！　旅は道連れ世は情けを初めて地で行った。そういえば思い出したけど、小学校の頃に公園で遊んでると知らない子たちが居て、なんかのきっかけで一緒に遊ぶことになって凄い盛り上がったことがあったような気がする。この歳になってそんな経験が出来るとは。

帰って夜に友達になった男性と二人で、夜のウェザーステーションに行く。そこは山の上にあり、星が綺麗なのだ。月の入りが見れると菊池さんに聞いたので来てみた。男二人でロマンチックな夜を過ごす。ＵＦＯは絶対居る。という話を二時間くらいした。

結局雲が出てしまって月の入りは見れなかった。大村に戻り、友達になった女の子がバイトしている店に行き、亀の刺身と、亀の白子を食べる。もう一人の男子も加わって四人で打ち上げ。

俺は美味いと思ってすげえ食べたが、皆は心が痛いのかあまり食べなかった。亀を。俺はこの島に居てもちゃんと仕事はしていたし、心も体も健康そのものだったから、もしかするとここに移り住んで暮らした方がいいのかも知れない。本屋が無いのがたまに傷だけど、それ以外は全く困ることは無い。まあ、まだ二週間しか居なかったからわからないけど。

帰りたくないなあと思いながらも、東京の（ここも東京だけど）友達や家族や街に早く戻りたいという気持ちもあり、船に乗り込んだ。

十四時出航。皆が海からお見送りしてくれる。島で出来た友達と甲板から海を見ている。

震災は起きていた。衛星テレビのニュースで知った。

海を見ている。東京のみんなは？　いわきの友人たちは大丈夫だろうか。電話は繋がらない。

衛星テレビも繋がらなくなった。

夕日を見ていた。東京まで二十時間ある。

日本はもう無くなっちゃったかも知れない。そんなことを考えたけど、嘘臭く、それがなんだかリアルだった。

6 時事コラム（二〇一四年）

『アンネの日記』を読み直した

図書館などで『アンネの日記』が破られる事件が起こった。

事件を受けて、犯人を糾弾したり、日本の現状を嘆く声がいろいろなところであがったけど、僕は『アンネの日記』を読み直すことにした。なんとなくそれが一番良い方法のように思えたからだ。

小学生か中学生の頃に一度、道徳の授業か何かで読んだことがあった。あんまり面白いと感じなかった。戦争に関する資料くらいの認識で終わっていた。

「あれはなんだったんだろう」

授業で読むように短く恣意的に編集されていたのだ、きっと。新たに読んだ「アンネの日記（増補新訂版）」（文春文庫）は本当に素晴らしかった。悪口、悩み、恋の喜びとそれにまつわる面倒ごと、隠れ家での生活、そんなようなことがユーモアに満ちた、時に弾むような若々しい文章で綴られている。決して薄暗い陰惨な読み物ではない。そこに書かれているのは利発で生意気で優しい一人の女の子の日々の出来事。共感したり、反論したくなったり、笑ったり、怒ったり、心の中でお喋りしながら読み進め、読み終える頃にはアンネと、素晴らしい友達になれたような気分になる。そして、友達がどうなったかを僕たちは知っている。人間が人間に対して何をしたかを。

僕はもっと考えないといけない。友達と、自分のために。

（2014・4・10）

自己紹介

自己紹介は昔から苦手で、これが得意という人に会ったことはないが、皆さんはどうでしょう？

「自己紹介をしろ」と言われたら、名前や年齢や職業を言って「よろしくお願いします」で締めるのが一番簡単だ。

そもそも「自己」とは一体なんだろうか。

よくよく突き詰めていくと自己というものに拠り所が見つからない。他者との比較で初めてイメージできるが、浮草的だ。

僕は「前田司郎」で「三十七歳」で「作家」だ。しかし、そのどれをも完璧に証明する術がない。三十七歳であると思っているが、四歳より前は記憶がない。四歳の頃の記憶も自分自身の捏造であるかもしれない。名前だって親がつけたらしいが、本名かどうかは国が証明してくれるだけである。国だって大きいが不確かだ。「作家だ」と言っているだけで、僕の書いた小説など小説でないかもしれない。賞などをいただいたこともあるが、他人の評価なんて当てにならない。評価してくれた他人だって自己ははっきりしないだろう。

自己は「在る」のではなく、「決定された」に過ぎない。

などと理屈を言っているけど、実際のところ自分がどんな人間かなんて、時と場合によって変わるし、一つに決めてしまうのも嫌なので、自己紹介はしろと言われればするけど、心の中では「どうでもいいなあ」と思っている。

よろしくお願いします。（2014・4・24）

箱について

僕は箱が好きで集めてしまう。靴箱なども捨てられない。木でできた箱、金属でできた箱は特に好きだ。

大きさはあまり関係ないが小さい方が好きだ。小さい空間の方が濃縮されている。秘密が、である。箱の中に入っているものは見えない。稀に透明な箱もあるが、あまりよろしくない。触れないが、見えてしまう。透明な箱は見せるための箱である場合が多い。博物館の展示物を思い出してほしい。

箱は大抵中身が見えない。何が入っているかワクワクする。箱に入っていないプレゼントは少し残念な感じがする。暴きたいのだ。

僕がフィルムカメラを好きなのは、やっぱり箱の中に秘密を隠しているからだろう。秘密には魅力があるのだ。なんでもないものでも、箱に入れると、途端魅力的になる。暴き、見たいと思う。

人は時々何かを隠そうと、それを箱に入れる。箱の中に隠されたものは、魅力を増して、狙われる。

パンドラや浦島太郎のたとえを出すまでもなく、大切なものを箱に入れて隠して守ろうとするのは、逆効果に思えるのだがどうだろう。

まして法律という頑丈な箱にそれを入れようなんて。箱の中で腐ってドロドロになった隠蔽物が、多くの人間の欲望によって白日の下に晒されるとき、その腐臭や、醜悪な姿が、隠蔽した人間に災厄となって降り注ぐことを想像しないだろうか。

（2014・5・8）

いじめゼロ

いじめをなくすなんてできるんだろうか。僕たちは未だに差別をなくせない。いじめゼロを掲げる学校があるらしいけど、危ない気がする。例えば犯罪をゼロにするには、被害届を受け付けなければ良い。僕の友人は置引の被害にあって、警察に行ったら「遺失物」として処理された。犯罪が一個減ったわけだ。いじめゼロを目指せば同じことが起きるかもしれない。

では僕たちには何ができるのだろうか。逃

げても良い環境と、逃げ道を整備するのはどうだろう。自殺は「逃げ」だと言う人が居る。「逃げ」とは即ち生き残るための作法であるから、自殺は「逃げ」ではない。だから自殺しようとする人たちに、逃げ道をつくり、子供たちに「逃げる」技術を身につけさせる教育を施すのはどうだろう。

生きるためには逃げることも必要だが、僕たちは「逃げずに戦え」と教えられてきた。僕は「戦わずに逃げて」ほしい。とても逃げられないような状況にあっても逃げられる技術を、逃げられる道を、整備することはできないだろうか。それは高速道路を造るより大事じゃないだろうか。

僕には友達がいる。死にたくても、友達がいるから生きていけるときもある。いじめをなくすことができないとしても、友達をなくさないようにすることは可能じゃないだろうか。誰かが一人にならないように、友達を見つけられる環境をつくることはできないだろうか。

（2014・5・22）

知ることは決めること

例えば僕は「火星には生物が居ない」と知っている。しかし、果たして本当に居ないのだろうか。

「居る」と言う人もいるだろう。彼は「火

星には生物が居る」と知っている。真実はどっちだろうか。両方真実でありえるだろうか。

思うに、「知る」という行為は全て「決める」という行為なのだ。僕は「火星には生物が居ない」という説を真実と決めた。本当に居るのか居ないのかは知らない。

知るということは、真実を手に入れるのとは別のことだ。僕たちには真実など手に入らない。ただ決めることしかできないのではないか。

例えば歴史は真実だろうか？　歴史は誰かがそう決めたことでしかないのではないだろうか。同じ出来事に関しても国によって真実が違う。それについて対立する相手を、「嘘つき」と罵るのは馬鹿げている。お互いがそう決めたことが対立しているだけだ。本当の真実などは、タイムマシンでもないとわからない。いや、そんなものがあっても、乗組員の立場によって真実は変わる。決めるという行為には恣意が関わるからだ。

しかし僕たちは知らないといけない。つまり、決めないといけない。そうしないと、全ての足場が曖昧でとても立っていられないからだ。でも、自分が真実を手に入れたなどと思うのは驕りであることを知っておく必要がある。それは、はっきり決めておくべきだと思う。

（2014・6・5）

児童ポルノ法

児童ポルノ問題の記事に触れるたび、僕は違和を覚える。殊更、表現の自由について議論されるが前提がおかしいのではないかと思う。まずは児童ポルノについて描かれた漫画やアニメを規制することで、被害にあう子供たちを本当に減らすことができるのかを議論すべきではないか。人は隠されたものに価値を見いだす。希少なものに大金を払う。隠せば隠すほど、子供に性的な付加価値を見いだす者は増えるのではないか？

間違ってはいけないのは、ロリコンは沢山いるが犯罪者は少数であることだ。「ロリコンこれ即ち犯罪者」ではない。大多数の犯罪者ではないロリコンの人が、罪を犯さずにいられるように考えなくてはいけない。「子供をそういう目で見る人は気持ち悪い」って感情は確かにあろうが、それは個人の感情に留めておくべきで、国家権力がそういう感情を抱くべきではないと思う。「あいつら気持ち悪いから、禁止してしまえ」という意図が見え隠れする。

まとめると「規制することで犯罪が増えちゃう可能性があるんだから、まず、そこをしっかり議論してからだろ？」と僕は思うのだ。私見だが、しっかり議論がなされれば、過剰な規制が犯罪を誘発する可能性を発見できるのではないだろうか。この種の規制が対外的なポーズでしかなく、本当に被害者を増やさないためになされる対策ではないような気がして、僕は心配だ。杞憂だろうか。

（2014・6・19）

武器はいらない、と思うが……

「わが国の総理大臣は戦争をしたいらしい」と言う人もいる。戦争をやりたい人なんているのだろうか。そこが信じられない。「戦争をしたいなんて人がいると思う？」と聞くと「戦争をすることで儲かる人がいる」と言う。お金のために戦争なんてするんだろうか。これまで起こった戦争もお金のためだったんだろうか？　だとしたら問題はもっと単純だと思う。つまり一握りの悪い人間が戦争を起こすのであれば、対処のしようもあっただろう。

日本のそこら中にピストルがある。警察官はピストルを持っている。人を殴るための棒も、人を拘束するための鉄の輪も常に持ち歩いている。正義の人が持ったピストルは平和をもたらすらしい。しかし、正義の人なんているんだろうか。人は人だ。

僕は必要ないと思う。少なくともピストルまでは。しかし、ピストルを持っていることで抑止される犯罪がある、という理論はわかる。じゃあ、警察がピストルの携帯をやめたら犯罪が増えるのだろうか。増えはしないように思うが、警察を恐れる人は減るかもしれない。ピストルを持った人の話は無視しづらい。国と国の話し合いでも一緒かもしれない。

だからといってやっぱり武器なんて持たなくていいよ。と、思うが、他国と対等に話せないことによって国が弱くなれば、死んでいくのは弱者だ。弱いってのは貧乏ってこと。なんだ結局、金の話か。

（2014・7・3）

風呂の中の夢想

お風呂に入っているときいつも「世界に一人くらい、世界中の人々をもっと幸せにするための特別なアイデアを持った人がいそうなのに」と考える。いないんだろうかそういう人は、もしくはアイデアでは世界中の人々は幸せにできないのだろうか。もちろん実行が伴わなければできないだろう。しかし、そのアイデアを実行すれば誰もが幸せになれるとしたら、実行するよな、きっと。じゃあなんでそうならないかと言うと、「幸せ」が人によって違うからだろう。幸せはとても曖昧だ。定義しづらい。幸せを定義するのが宗教の役割なのかもしれないが、宗教からして無数にある。

誰かが幸せな状態にあるとき、その隣人は不幸せかもしれない。隣人が幸せを感じていることが、彼の不幸せの原因だったりもする。全ての人が同時に幸せであるためには、個人と個人が干渉しあわない環境が必要かもしれない。しかし、隣人のいない人生は果たして幸せだろうか。

幸せが相対的であるなら、他人を不幸にすることで自分が幸せになれる。背比べのように。絶対的な幸せが欲しい。他人と比べなくて良いような。「それは気の持ち方次第だ」と言うのもわかる。しかし人間は自分だけが幸せでも幸せだと思えない性質があるのじゃないか。「いっせいのせ」で同時に皆が幸せになるようなアイデアを誰か持っていないだろうか。ないか。風呂の中の夢想だ。

（2014・7・17）

記憶と真実

Aは「あの時、焼き餃子を食べた」と言う。Bは「あの時食べたのは水餃子だ」と言う。最初は笑っていたが、そのうち本気の言い争いになった。僕は、あの時食べたのは揚げ餃子だと知っている。僕の携帯に揚げ餃子を撮った写真があったからだ。それを見せると、AもBも「それは別の旅行の時の写真だ」と言う。僕は頭にきて「あの時食べたのは絶対揚げ餃子だ。証拠だってあるじゃないか。認めろ」と言った。

僕は自分が正しいと確信している。しかし、写真がいつのものか証明できない。真実はどこにあるのだろうか。真実など最早どこにもないのだ。過去は記憶でできていて、記憶は容易に捏造され、改竄される。僕らの記憶は真実とは別のものだ。それを真実だと信じていないと、自分が自分であるかすら怪しくなるから信じているが、それを他人に強要してはならない。過去はどこか絵空事のように思っていないといけない。歴史を信じなければこの国がこの国であるかどうかすら怪しい。

しかし、歴史はやはり記憶の一種であろう。信じないとやっていけないから信じるが、決して真実の一種であると勘違いしてはいけない。

よく見てみると、真実などどこにもないことに気付く。今、目の前で起こっていることですら、瞬くよりも早く過去になり、記憶になる。記憶や記録を頼りに誰かを非難する気なら、知っておくべきだ。

（2014・7・31）

印象は操作できる

先日、クラブに出入りしている人間の四人に一人が脱法ハーブ（危険ドラッグ）を使ったことがあるという記事を新聞で読んだ。数百人にアンケートした結果という。

この記事を見るとクラブというところが悪の巣窟でそこに出入りしている人の四人に一

人が悪い薬をやっているという印象を持つ。

こういった情報はいくらでも印象を操作できる。例えば最初に「クラブにおける脱法ハーブ使用の実態を調べる」とでもアンケートをとる人間に伝えておけば、彼らはいかにもやっていそうな人に声をかけるかもしれない。もっと言えばクラブという場所にネガティブなイメージを持った人が調べた結果と、そうでない人が調べた結果には隔たりができることは想像に難くないだろう。

アンケートをとった人間がクラブを悪と判断しており、それを滅することが正義であると思い込んでいたら、それが意識的にしろ無意識的にしろ印象を操作することになんら躊躇を感じないかもしれない。

先述の新聞記事を批判することに趣旨はない。全ての情報は、発信されて目に触れる時点ですでに無数の恣意によって選択されているということを伝えたいのだ。そんなことは常識かもしれないが、気をつけていないとするっと心に入ってきてしまう。

全てを話半分に聞くことだ。新聞も、ＮＨＫも、政府ですら、１００％信頼できるものではない。

（２０１４・８・14）

マナー違反とは

先日山手線の車内で初老の男性が大声で怒鳴りだした。優先席に座っていた女性が携帯電話で通話したことを注意したようだった。女性は「ごめんなさい」と謝りはしたが、電話をやめなかった。それが火に油を注ぐ結果になったのか男性はさらに激しく怒り、女性を押して座席から立たせたのだった。僕は一部始終を見ていたが、大抵の人は目をそむけてしまった。見ていてあまり気持ちの良い光景ではなかっただろう。

僕にはどちらが悪いのかわからなかった。理屈から言えば女性が悪いのかもしれないが、男性の行為は明らかにやり過ぎに思える。そもそも僕は正義を振りかざすことが嫌いだから、男性の行為をそういった色眼鏡をかけて見ていたかもしれない。

ただ、若くて元気そうに見える人が優先席に座っているからといって、内臓に重い疾患を抱えていたり、難病で苦しんでいるかもしれないし、車内で携帯を使っている人が居ても誰かの命に関わるような通話をしているかもしれないのだから、いきなり怒鳴りつけるというのは良くない。

マナーに関することは当人が自分の価値観で判断するしかないのではないか？　他人の行為がマナーに反していると感じたからとい

って、自分の価値観を押し付けるのは、それこそマナー違反に思える。マナーを明文化し、まるでそれが人類に普遍の価値観のように万人に押し付ける近頃の風潮には辟易する。

（2014・8・28）

なんでも話半分に

僕は「演劇界で今もっとも注目されている劇作家」の一人であるし、「演劇界の鬼才」でもある。

日本には「演劇界で今もっとも注目されている劇作家」が五十人くらいいて、「演劇界の鬼才」も二十人くらいいる。

そして僕の書く小説は常に「絶賛発売中」なわけだが、いっこうに売れないのだ。小説が英訳されればきっと「全米が泣く」のであって、映画になれば「大ヒット上映」され「全米一位」になるだろう。

嘘は吐いてない。

どこの誰が今もっとも注目しているかは明示していないし、鬼才に明確な定義はなく主観で決まる。

小説も誰が絶賛しているかは知らないが発売はしている。全ての米国人が泣くとは誰も言ってないし、ヒットしたかも主観の問題だし、何の全米一位かは書いていない。

言葉は便利だ。嘘を吐かずに受け手の印象

を操作できる。こっちは自分を良く見せようとしているわけだから、情報を受ける側はその辺を考慮して話半分に聞く必要がある。

そしてこういった手法は何も宣伝だけに限らない。時には国家だって、権力だって同じ手法を使う、もっと巧妙に。時には無意識裏に。歴史認識だって知らずに変わる。

そこに悪意がないことの方が多いと思う。むしろ善意の方が怖い。だから僕はとにかくなんでも話半分に聞くことにしているのだ。

（2014・9・11）

スポーツは見ない

信条的には選手の国籍やその他の外的要因にかかわらず、純粋に技術や能力、もしくは選手への僕個人の思い入れだけを持って、スポーツを見たい。だけど、なんだかやっぱり日本人の選手を応援してしまうのが悔しいからできるだけスポーツは見ないようにしている。

別に日本人でいることが嫌な訳ではもちろんないが、民族というものがよく分からない。だってそもそも同じ生き物でしょ？　よく分からない枠組みを強化するために利用されているようでスポーツをちゃんと見られない。だがそれも自分の信条に固執するあまり、何か大切なものを不必要に侮蔑しているようで嫌だ。

オリンピックなどを見ていると「やっぱり金をかけてる国が普通に強いよなあ」と思ってしまう。トレーニングにもお金はかかるし、何より優秀な人材を集めるにはお金が必要なのだろう。サッカーなどは貧しい国でも強かったりするから小気味良いのだが、貧しいとはいえサッカー選手はやっぱり高給取りで、お金のためにやっているわけじゃないんだろうけど、なんだか不思議な気持ちになる。結局お金の力学に組み込まれてしまっているような不気味な不信感が残るのだ。いっそ明快にその選手の育成にいくらかけたか提示するのはどうだろうか。駄目か。なんか嫌な感じの考え方になってしまった。ああいうキラキラした世界に嫉妬しているだけかもしれない。

（2014・9・25）

猫を飼う

家庭で動物を飼うことには反対だった。そのことを人間の思い上がりのように感じていたのだ。少なくとも自分は飼わないと思っていた。

昨年六月、猫を飼うことになった。そこには複雑ってほどじゃないけど、ここで説明するには長過ぎる経緯があるのだが、割愛する。とにかく今、僕は猫と暮らしている。

動物を飼うのだからこちらは保護者として最大限のことをせねばならない、僕には責任がある、とかいろいろ考えた。

　しかし飼ってみると、「飼う」というのとはどうも違う。僕は猫の顔色を窺い、嫌われないように媚び、寝床と食事を用意し、お手洗いを清掃し、毛並みを整え、遊びの相手をし、これは飼っているのではなく仕えているのではないか。猫の主人になるというよりは、猫を主人に迎えたようなものだ。

　確かに猫は人よりも優れている。日がな一日、あくびをしながら遊んで暮らし、無意味な欲望に支配されずにいるように見える。

　欲望に対しても、僕らはかしずいている。猫は欲望に対しても主人だ。まあ実際はわからないけど、少なくとも僕にはそう見える。

　猫を躾け、猫に教えるのは僕たちではなくて、僕は猫に躾けられることを望む。この小さな生き物から教えられることはとても大きそうだ。

　やはり猫を飼うなんてとんでもない思い上がりだった。人間は猫に飼ってもらうのだ。

（2014・10・9）

本屋さんを残すために

先日、本屋さんと話をした。本が売れなくなっているらしい。そんなことだろうとは思っていたが、僕が思っている以上に事態は深刻なようだった。

本のない世界を想像するとき、とても寂しい。電子書籍の電気的なディスプレーでは味気ない、とは思わない。ただ僕はやっぱり紙の本に強い愛着を感じているのだ。殊更、紙の本の優位を訴える気にはならないが、紙に文字を印刷して売るというどこか取り返しのつかない行為に美を感じる。印刷された文字は消し難く、新たに書き足し難い。

「やっぱり電子書籍や、スマートフォンに市場を奪われているのですか？」と問うと、「それもあるかも知れませんが、それよりもやっぱり本の宅配販売サービスが難敵です」というような趣旨のお返事。

そうか。それは僕もよく利用する。重い本などは本屋で買わずにネットで注文したりしていた。本を開いて中身を見るのは本屋。買うのはネットでは、本屋はいつかつぶれる。

本屋がなくなってしまっては、知らない本と出会う機会がなくなる。必然、誰も本を買わなくなる。そして本がなくなる。文化が死ぬ。

僕は本屋に行って、本屋で本を買うことにする。本屋がなくなって寂しいと感じる人は是非そうしてほしいです。

街から本屋が消えてしまったら、僕は一体どこにいればいいのだ。

（2014・10・23）

本当に必要な苦労

僕は苦労も努力もしたくない。何かを得たり、何かをなすためには苦労も努力もつきものだが、苦労せず努力せずになせるならそれが一番だ。

苦労し努力することでしか得られないものであるなら、厭わない。苦労していると何か頑張っているような気持ちになるし、何事かなしているような気になる。ところが実際にはただ苦労だけしていて、何も得られないことも多い。苦労し努力しているのだから何かを得られるだろうと思ってしまうことも多い。

今この苦労や努力が本当に必要なものか立ち止まって考えるべきだと思う。いつの間にか「苦労し努力すること自体が目的」になってしまうと不幸だ。

僕は困難に向かうとき、それが本当に立ち向かうにあたいする困難かどうか考えるようにしよう。必要であれば苦労も努力も厭わずことにあたろう。それ以外は危ない。苦労や努力は蜜でもあるからだ。

苦労や努力は甘美である。甘美でなければ誰も苦労も努力もすまい。また、いたしかたなく苦労せねばならぬ場合、甘美さがかけらもなければ耐えられまい。苦労を耐えた先になにかを得られるという臆測が私たちに苦労を耐える甘美さをもたらし、努力する気持ちを湧き立てる。

より遠くに行くためには、ただ甘美なだけな苦労や努力は排除して、本当に必要な苦労を背負い、ここぞという努力をしなくてはならぬ。

（2014・11・6）

日本も外国も同じ

明日からフランスに行く。僕は劇団を主宰していてパリで公演をするためだ。そういうと何やら格好いいように感じるが、東京でやっていることをただパリでやるというだけで、何も格好いいことじゃない。

どうもまだ海外は格好いいという風潮があるように感じる。別に日本が格好いいということでもなく、僕はどこも同じだと思っている。

「海外で公演すると日本と反応が違うでしょ？」と言われるが、ほとんど変わらないと感じる。もちろん字幕つきの上演であるから、その差は大きいが、人間的な違いのようなものは一切感じない。フランスにもその他の国にも、いろんな人間がいるわけで、その点において日本も外国も同じだと思う。

よく「日本人は真面目」とか「何人はこう」ということを聞くが、本質的な違いだろうか。おかれた環境によって人間の生活は変わるだろうから、住んでいる場所によってもちろん顕著な違いがあったりはするだろう。例えばフランスで雑貨屋などに入ると物が雑然と積み上げられていていてびっくりする。なんて大ざっぱな民族だろうと思ったが、この国にはほとんど地震が無いからじゃないかと思いなおした。民族性じゃなくて。

まあ分からないけど、生まれた国や育った場所によって、人間を分類してしまうのはつまらないのじゃないか。何人だろうと人間は人間。それほどの差があるわけじゃない。

（2014・11・20）

セリフと俳優の関係

高倉健さんを僕は何度かお見かけしたことがある。実はこの文章も健さんがよくお座りになっていた、ある喫茶店の椅子の上で書いている。

最近、芝居を作る上でセリフと俳優の関係について考えている。僕は近ごろ、セリフは服のようなものだと考えるようになった。服は着る人がいて初めて成立する。セリフも同じである。

せっかく良い服を着ていても、着る者が駄目であれば台無しなのもセリフに似ている。また、見目麗しい者でも、着こなしがなっていなければ服に負けてしまう。また逆を言えば、服が駄目でも着る人がすてきなら、服もすてきに見えるものだ。

　このアナロジーからいくと、僕はさしずめ服飾デザイナーか、もしくは仕立屋だろう。せっかく心血注いで作った服だ。その人間を引き立て、快適に着てほしい。勘違いしていけないのは、服が主役ではないということだ。あくまでも着る人間が主役にならねばならぬ。

　健さんにしか着こなせない服があったように思う。またどんな服を着ても、服に負けず健さんは健さんのままであったように思う。僕なんかが偉そうに言うのもなんだが。

　振り返って、今の多くの俳優は服をより良く見せるためだけのマネキン人形になってしまってはいないか？　そしてわれわれは良いマネキンを探してはいないか？　作り手の端くれとして自戒の念を込めて。思う。

（2014・12・3）

不気味の影

　不安と恐怖で、いや、それらの言葉では捉えられない、もっとぼんやりとした、曖昧な不快感が私の心を気味悪く湿らせている。何もないのに心臓が急く様に動いている、頭ははっきりしない。

　ところが今私は安全な場所でこれを書いているし、病気の自覚があるわけじゃない。いたって健康なのだ。何がこの不安、便宜上そう呼ぶが、実際は上記のような様態、の原因なのだろう。何か具体的な出来事か？　しかし危機は、これから来るかもしれないし、来ないかもしれない。少なくとも今ここに危機はない。なのになぜ苦しむのか。

未来を見る能力の所為ではないか。未来にはこんな嫌なことが起こる可能性がある、そう思う心ではないか。

猫が平穏に見えるのは、少なくとも私の目からそう見えるのは、彼らに未来を見る目がないからだ。あったとしても極近い未来、近視的な未来であろう。

私は遠目が利く。遠い未来を見てしまう。そしてそこに不気味の影を見ておびえるのだ。私の見る未来は過去の記憶でできている。それは偽の未来だ。過去が擬態した姿にすぎない。そして本当の未来は決して見えない。見えた途端それは今になる。

私はただ移り行く今だけを見よう。足元を見よう。真っ暗な未来という闇に、過去でできた不気味を見るのは無意味だ。今を見よう。

（2014・12・18）

心安らかにいよう

しかし時として人は、未来を見なければならない。その未来が記憶でできた偽の未来であろうともだ。

下を向き足元の今だけを見ていては生きて

いけない。前を向けば、目の前には記憶ででき た偽の未来が広がっている。未然の不安や恐怖が、影のように立っている。私は嫌が応にも、生きている限りその中に分け入っていく。そして、影が本物の不安や恐怖になる様を見るだろう。また、不安や恐怖の影が現実の安堵や希望に変わるのを見ることもあるだろう。

その度に一喜一憂し、心は揺れ、バランスを取るのに腐心して、どうにかこうにか歩いていく。

なんだかつらいばかりに思える人の生だが、そこそこ楽しく思えるのは、全てのことが「気の持ちよう」にかかっているからかもしれない。理論上は、どんなにつらくてもそれを感じるのは心であるから、外部からの刺激にかかわらず心安らかにあれば人生は楽しいはずだ。

しかし、そうもいかないほどの環境があるのも世の中なのだろう。「気の持ちよう」でどうにかできないほどつらい環境にある人が今もいるわけで、そういう人々のために税金は使われるべきなんだろうけども、じゃあどの人が今そういう状況にいるのか、正確に判断することは難しい。

僕は比較的に恵まれた環境にいるはずなのに、心安らかにいられる時間はそんなに長くない。まずは自分のことからちゃんとしなくては。

（2015・1・8）

失われたおおらかさ

レストランでピラフに髪の毛が入っていたことがある。まあ、よくあることだと思って食べ進めると、もう一本入っていた、さすがに不愉快になったが、そういうこともあるだろうと、食べていて三本目の髪の毛を見つけたとき、さすがにスプーンを置き「ごちそうさま」を言わずに支払いを済ませて帰って来た。僕の経験した異物混入事件である。

人が作業する以上、異物の混入は必ず起こると思ってよい。あとは程度の問題だろう。しかし、一本の髪の毛の混入が許せない人もある。僕は三本が限界だったわけだ。

異物の混入よりもそれに対する反応の大きさの方が僕には怖い。外食をする、加工食品を食べることは、他人に食の安全を預けることだ。リスクは当然あるわけで、作る側はもちろんそのリスクを最小にすべく努力するべきであるが、受け手は過剰に神経質になるべきではないと思う。

受け手と作り手が互いに信頼しあうためには、許しあうことも必要じゃないだろうか。まあそれも個人個人の許容範囲での話で、ここで指針を示そうなんてことではなくて、ただ、あんまり潔癖を求めすぎると、社会全体のおおらかさのようなものが失われていくのではなかろうか。

そして実際に僕の生きてきた三十七年でだいぶ、おおらかさがなくなったように思う。「もう。今度から気をつけてよね」で許してあげたらどうだろうか。そういう問題じゃない？

（2015・1・23）

暴力以外の解決を

「イスラム国」の蛮行を、狂気の沙汰と見るむきがある。かの組織は悪鬼の集まりではない。私たちと同じ人間の集まりである。きっと彼らも笑うし、泣くし、喜び、悲しみ、考える。彼らも人間であることを、見て見ぬふりをしてはいけない。彼らは私たちである。

彼らのしたことは、過去に人類が犯したことへの報復だ。私たちがさらに報復を繰り返しては、終わりのない殺し合いの連鎖を止められないのではないか。「テロを撲滅する」というようなことを国は言うが、今回の行為に関わった人を全て殺すというのだろうか。今、力のある国々が、力で彼らを殺しても、いつかは逆に殺される。今こそ考えるときではないだろうか？　暴力以外での解決を。

後藤さんや湯川さんの死を悼み、報復を考えるのではなく、後藤さんや湯川さんのしてきた活動を、次に繋げることが大事なのではないか。彼らは危険を冒してまで、子供たちのため、紛争地域で暮らす人々のために活動してきたはずだ。力ある国々は彼らの遺志を継ぐべきだ。

もはや国家は国民の利害を脇に置いてでも、人類全体の利害を考えるべき時にきているのではないか。それが非常に難しいことだとは皆わかっている。しかし私たち人類には知恵があるはずだ。暴力ではなく知恵で、解決できる道があるのではないか。楽天家の夢想だろうか。

（2015・2・5）

土地に身を置きわかること

戯曲賞の審査とそれに付随する催しのため、北海道に一週間ほど滞在した。僕は生まれてからずっと東京に住んでいるから、東京以外の文化に馴染みが薄い。

仕事やプライベートで別の土地に滞在することも多いから、その度に発見があり面白い。冬の北海道も面白かった。

やっぱり環境の違いが大きいのだろう。雨ではなく雪が降るのだ、この土地には。夏の北海道に一週間ほど滞在したこともあったが、特に他の都市との大きな差を感じなかった。冬は違った。皆地下を歩くし、外に出たくない気持ちや、晴れ間のありがたさ、風や雲に敏感になる感覚、温かい食べ物の重要性、なんとなく普段の僕の感覚とずれている。

そのずれが慣性で生きている僕の日常生活

に不思議な違和を感じさせてくれて面白い。

文化は環境に左右される。そのことは知っているつもりだったが、実際にその環境に身を置いてみないとわからないことが多いようだ。

僕たちは輸入された文化や、テレビの向こうに映る文化を見て笑ったり、変に思ったり、時々は怒ったりするけれど、やっぱりその土地に身を置いてみないと腑に落ちないことが多いのだろう。たとえ身を置いてみたとしても、そこで育って同じ宗教を信じ、同じ習俗を身につけてみないとわからないことだらけだ。

そのことを忘れてはいけない。

（2015・2・19）

お母さんを責める前に

飛行機で赤ん坊を連れた女性と隣り合った。僕は窓の外を見たり、本を読んだりして過ごしていたが、女性は赤ん坊を胸の前に抱え、荷物を座席の下に入れるのもひと苦労で、まるで甲冑《かっちゅう》を着て飛行機に乗っているようで、しかもその甲冑は生きていて、猫のように勝手に動くのだ。

おせっかいにならない程度を見計らって僕も手伝ったが、その度に「すいません」と謝るように丁寧にお礼を言われた。赤ん坊は無慈悲な乱暴者で、髪を引っ張ったり、前の人の頭を触ろうとしたり、おんぶ紐《ひも》を外そうとしたり、おっぱいを欲しがったり、やがて泣きだした。

事情を知らずに泣き声だけ聞けば、お母さんの監督責任を追及する人もいるだろう。どうか遠くのお客さん怒らないでください。

彼女は全く休む暇もなく、二人分の荷物を持って降りて行ったが、全く頭が下がる。お母さんてものは、こんなにも大変なのか、その片鱗をみた思いである。たかだか数時間のフライトだったけど、この暴君と二十四時間付き合う母親は大変な忍耐だ。壮大な愛である。もし家族や行政のサポートも受けられず一人で赤ん坊を育てないといけない環境でいたら、おかしくなってしまうのも仕方ないかもしれない。そういったお母さんを責める前に、もしくは子供を産めや育てやと言う前に、まずは全てのお母さんにもっと感謝すべきですね、昔赤ん坊だったことのある人は。

（2015・3・5）

せめて隣人を許容する

やっぱりどうしても、他人の死より、家族友人の死を悼む。世界中で人が死んでいても、いちいち傷ついていられない。他人の国がそれで貧しくなってしまっても、自分の国が富むことをよしとしてしまう僕たちは「自」と「他」の間に境界線をひく。そうしないと生きていけないからだ。

愛はもともと自分に向けられていた。生まれたての僕たちはきっと世界と溶け合っていた。自他の区別は無かった。他者が生まれ、自分を確立し、他者を愛することを知る。愛する他者に同調を強いる、もしくは同調を夢見る。そして愛する他者は自分の一部になる。

これを繰り返せば自分は肥大し、いつか世界が自分となり、世界中を愛せると考えるのは早計で、どうしても愛には、範囲がある。範囲を必要とすると言う方が正確かもしれない。

私たちは隣人を必要とする。隣人と自分とを区別する。自分を愛するがゆえ、自分を優位におきたいがため、区別は時に差別になる。

隣人を愛するのは難しい。隣人を愛せば隣人は自分の一部になる。全ての隣人を愛せば自分一人になってしまう。だからどうだろう、せめて隣人を許容する。隣人と自分の違いを認めた上で互いを許容しあう関係。いつか隣人を、他者のまま愛せる日が来るのじゃないだろうか。難しいけど。この連載はこれで終わります。さようなら。またどこかで。

（2015・3・19）

初出一覧

本書収録にあたり、加筆修正をほどこしました。
ここに掲載のないエッセイは書き下ろしです。

1章

ケンカ不敗伝説	真夜中 2010EarlySpring
夏の日々	中日新聞 2010.7.28
親知らず	毎日新聞社「本の時間」2008.6
『二分間の冒険』	飛ぶ教室 2011 秋
十三歳のころ	初出不明（2010.1 執筆）
僕の読書法	岩波ジュニア新書『10 代の本棚』（2011.11）
ミュージック・ハラスメント	初出不明（2012.10 執筆）
卒業論文	スタジオボイス vol.400（2009.4）
東京	中日新聞 2007.7.31 夕
静かに笑う女の人が好き	BIRD 4 号（2013.12）

2章

お金は持ってないより持ってるほうが良い	en-taxi vol.27（2009.9）
演劇・舞踊活動における私のヴィジョン	セゾン文化財団（2012.9 執筆）
高校演劇	東京都高等学校演劇連盟「中央発表会（都大会）」（2010.1）
映像と文学、両方浅く関わったらロクでもないことになった	法政文芸 9 号（2013.7）
戯曲の言葉	国語教育相談室 72（2013.7）
器用貧乏	新潮 2013.12
働かない。	セゾン文化財団（2013.10 執筆）

3章

なんちゃって落語「宇宙人」	飛ぶ教室 2012 冬

4章

カメラの先には	月刊 J-novel 2010.3
カメラのベスト 3	群像 2010.4
僕がカメラを集める理由	en-taxi vol.28（2009.12）

5章

思いつきの旅	コヨーテ No.40（2009.12）
登山	Number Do　Spring 2014
富士登山	真夜中 2009EarlyWinter
小笠原旅行	真夜中 2011Early Autumn

6章

時事コラム	東京新聞文化娯楽面「風向計」2014.4.10～2015.3.19

あとがき

好き勝手なことを書いているな、と思う。思ったことを書いているだけのつもりだけど、思ってないことも書かれている。

思ったことを写真のように、ある種真実を、バシッと写し書くことが僕には出来ない、技術的に。だから、思ったことと書いたことの間にいつもズレがある。たまには重なっている部分もあるけど、全体を見るとやっぱりどこかズレていて、直そうとしても、それは今の僕の直しであって、それを書いた瞬間の僕と、今の僕にもズレがある。

僕はズレで出来ているような気がする。ズレは差異と言ってもいいかも知れない。無数の差異を何層も重ねて立体になったのも自分なのか。

エッセイの一つ一つ、もしくは文章の一つ一つが、僕の断面写真で、無数のそれを重ねていくといつか一つの人間になる。その人間と僕が向かい合ったとき、いったい何を話せば良いのだろうか。

彼は僕に似ているが、きっと僕ではない。僕と彼とを並べて太陽に透かしてみると、やっぱりどこかズレている。いつかそのズレを捕まえたい。

そこに何か大事なものが隠されているような気がする。

隠されてちゃ駄目なんだよな。そこを書きたいんだから。と思ってしまい勝ちだけど、書いてはいけないのだ。書いた途端、それは大事ではなくなる。暗闇を照らした途端、そこは暗闇でなくなるのだ。暗闇を暗闇のまま、読み手の頭の中に作り出すには暗闇を書かないことだ。書かない。隠す。隠すことで現れる。

隠すことで現れることが判っていながら隠すとこれはまた良くない。自分が何を隠しているか知っているということは、それを見たということだから。見れないから価値があるのだ。未知は既知になってしまう。

と、僕は追いかけっこのようなことをしている。結局なんだか判らなくなる。もともと判らないものなのだから、それで結構なんだけど、判らないと恐いから判ろうとする。

そして判ったと思うのが一番危ないことなのも知っている。「判る」「知る」というのは「決める」ことに他ならない。ある一つの事柄に対するいくつもの情報の中から、自分が一番正確だと思うものを決める。知るということは恣意的な行為だ。

でも生きて行くには知らないといけない、決めていかないといけない。

だから人と人の間、集団と集団の間に軋轢が生まれる。これはもう仕方ないのだけど、仕方ないってことを知ら（決め）ないでいると、相手の間違いを正そうなんて考えになる。間違ってないのです。どっちも正解です。なぜならそう決めただけだから。

という考え方もまるで正解のように、たった一つの真実のように語ってはいるが、僕の考えに照らすとこれすら「僕がそう決めた」だけであって、絶対の正解ではないのです。

だからもう、良く判らない。よく判らないまま、物事をすすめていくこと、その時に恐れを抱かないこと、恐れとは身の危険を感じるところから来るわけだから、身の危険をあえて求める心性が必要だと思う。そうすれば恐れはより身近になり、恐れを楽しみ、恐れを味方にすることもできる。

今こうして生きていることを思うより、今こうして死に続けていることを自覚しておくこと。相当に難しいことだけど、文章を書いている間はなんとなくそれが出来ているときもあると思う。

やっぱり神さまに似ている。書く行為は祈りに似ている。

書くことは考えることだと思っていた。十年くらい。ここ数年で少し変化して、書くことは祈ることじゃないかと思えてきたのだ。

拙い祈りですが、どんなに稚拙でも、祈りにはやはりどこか切実なものが含まれていると思うのです。僕の幼稚な祈りの中にもきっと神聖な何かが含まれているはずです。そうでなければ悲しいから。

人に神は宿らないと僕は思うけど、行為には神が宿ることがあると思う。神とはなんだろう。判らないけど、結局やっぱり神がみたいのだ。でも、神は見てしまった途端、神ではなくなる。そんな迷宮を僕は進んで迷っている。

この本は終始迷っている僕の航海日誌のようなもので、羅針盤も、地図も、海を行く知識もないわけだから、本当に何にも判っていないこの航海は、もはや冒険と呼べるようなものでもなく、きっと僕の口から出る言葉にもほとんど価値はない。

ただ、言葉にならなかった部分、言葉から隠された部分にとても小さいけれど神さまみたいなものが潜んでいるのじゃないか。

というあとがきは全然、意味が伝わらないかも知れないけど、意味を伝えようとして書いたものではないのです。

最後まで読んでくださりありがとうございました。

また、僕の文章を載せてくださった皆さま、本当にありがとうございました。これからもよろしくお願いします。

そして、編集の倉田さん、この本に関わってくださった皆様、どうもありがとうございました。
最後に感謝を述べるとそれらしく見えるから、ここに書いているわけですが、本当に心から感謝していることに、変りはありません。どうもありがとうございます。

二〇一五年四月一日

前田司郎

著者について

前田司郎（まえだ・しろう）

一九七七年東京生まれ。劇作家、演出家、俳優、小説家。劇団「五反田団」主宰。九七年、劇団「五反田団」を旗揚げ。二〇〇四年「家が遠い」で京都芸術センター舞台芸術賞受賞。〇五年『愛でもない青春でもない旅立たない』で小説家デビュー。〇七年、小説『グレート生活アドベンチャー』が芥川賞候補となる。〇八年、戯曲「生きてるものはいないのか」で岸田國士戯曲賞受賞。〇九年、小説『夏の水の半魚人』が三島由紀夫賞受賞。近年はTV・映画のシナリオや演出も手がけ、一五年、「徒歩7分」が向田邦子賞受賞。

近著に『私たちは塩を減らそう』（キノブックス）、『ジ、エクストリーム、スキヤキ』（集英社）、『濡れた太陽』（朝日新聞出版）他、著書多数。

口《くち》から入《はい》って尻《しり》から出《で》るならば、口《くち》から出《で》る言葉《ことば》は
前田司郎《まえだしろう》エッセイ集《しゅう》

二〇一五年五月三〇日初版

著者　前田司郎
発行者　株式会社晶文社
東京都千代田区神田神保町一―一一
電話（〇三）三五一八―四九四〇（代表）・四九四二（編集）
URL http://www.shobunsha.co.jp
印刷・製本　中央精版印刷株式会社

ISBN978-4-7949-6876-0　Printed in Japan